新潮文庫

結婚詐欺師

上巻

乃南アサ著

目次

プロローグ 7
第一章 着手 21
第二章 特定 129
第三章 判明 241

結婚詐欺師

上巻

本作品の執筆に当たり次の方々にお世話になりました。
ここに記して心よりお礼申し上げます。
中山智之、菅谷健一、山崎哲男、加藤敏文（敬称略・順不同）
乃南アサ

プロローグ

三月に入ったとはいえ、ビルの谷間を吹き抜ける風は、微《かす》かに漂い始めているはずの春の気配を、いともたやすく切り捨てるほどに鋭く、冷たかった。行き交う人々は、季節や寒暖などよりも流行を追いかける若者を除けば、久しぶりの長い冬にさすがにうんざりした表情で、暖かい年だったらとうにクリーニングに出しているはずの冬のコートに身を包み、足早に通り過ぎていく。それでも日中の陽射《ひざ》しは、わずかずつ輝きを取り戻しつつあったし、辺りを照らす時間も確実にのびている。少し前なら宵闇《よいやみ》に包まれているはずの時刻になっていたが、辺りはまだほの明るく、建物の隙間《すきま》から見える西の空には、夕焼けの余韻が残っていた。

それでも、夜が待ちきれないかのように、街には既に色とりどりのネオンが瞬《また》き、昼間とは異なる明るさが、薄汚れた街を幻のように浮き立たせ始めていた。日が暮れると、この街は表情を変える。少し前まで引きずっていた、裏切りや疲れ、ため息などはすべて闇に塗りこめて、欲望と嬌声《きょうせい》、策略と誘惑の渦巻く別世界へと、異常なまでに濃密なエネルギーを貯《たくわ》え始めるのだ。無数の靴音、客を誘う呼び込みの声、方々の店から洩《も》れ出す音楽、クラクション、携帯電話を片手に、虚空《こくう》に向かって吠《ほ》えているように見える人々の声――様々な音がない交ぜになり、吹き抜ける風に乗って流れていく。そして、あてもなくさまよう人々を、クモの巣のようにからめ取るのだ。この街にとどまり、あらゆる感情と共に、幾ばくかの金銭を落としていかせるために。

それらの騒音の中を、男は大股《おおまた》に歩いていた。

ゆったりとしたシルエットのチェスターコートは明るいキャメルカラーで、片手にはダークブラウンのアタッシェケースを提げている。豊かに波打つ髪には、よく見ればわずかに白髪が交ざり始めており、強風のおかげで前髪が乱れてはいるが、面長の輪郭や黒のチタンフレームの眼鏡と、よく釣り合っている。どちらかといえば長身の部類に入る男は、いかにも慣れた足どりで雑踏をすり抜け、わき目もふらずに歩を進め、やがて目指す建物に入った。エスカレーターで上階に向かいながら、簡単に手で髪を撫《な》でつける。

「あら」

目的の階に着き、ほとんど客の姿の見えない売場をすり抜けていくと、男が声をかけるよりも先に、一人の女店員の方が彼に気づいた。男を認めると同時に、彼女は表情を輝かせ、辺りに気を配りながら歩み寄ってくる。

「急いでるんだ」

男は笑顔で女店員に話しかけた。制服姿の曽田理恵《そだりえ》は、小さな音量で静かな音楽が流れているフロアーの中央に立ち、わずかに怪訝《けげん》そうな表情で小首を傾《かし》げた。

「これから、ちょっとしたパーティーに出なきゃならないんだが、仕事の帰りなものだから、普段の格好のままでね。せめてネクタイだけでも、少し改まった感じにしようと思って。こんなときは、あなたに選んでもらうに限るから、慌《あわ》てて寄った」

男の言葉に、理恵は嬉《うれ》しそうに頷《うなず》いた。

「どんなパーティーなんですか？」

「つまらないパーティーだけどね。知ってるかな、民自党の熊沢っていう代議士」

今度は理恵は申し訳なさそうに首を振る。だが、男は気にする様子もなく、早くも陳列棚の上のネクタイに視線を走らせながら、ゆっくりと歩き始めた。

「もう、いい歳《とし》の爺《じい》さんだけどね。その熊沢代議士が、今度自分の回顧録とやらを出したんだと。その、出版記念パーティー」

「橋口《はしぐち》さん、その代議士さんのお知り合いなんですか？」

「あれ、僕の名前、覚えてくれてるの」

男は棚から目を離し、意外そうな表情になった。すると、制服の女店員は「当たり前じゃないですか」と、わずかに拗《す》ねたような表情になる。

「お得意様のお名前を、忘れたりはいたしません」

言葉だけはプロの販売係のものだが、その口調は、どう見ても三〇前後と思われる理恵の顔つきとはかけ離れて、かなり感情のこもった、幼く聞こえるものだった。橋口は、思わず笑みを浮かべながら「ありがとう」と軽く頭を下げた。

「僕だって、あなたの名前を覚えてるよ。曽田、理恵さん」

フルネームで呼ばれて、彼女はわずかに頰を赤らめ、嬉しそうに微笑《ほほえ》んでいる。橋口が自分の名を明かし、「曽田」というネームバッジをつけている店員の、下の名前を知ったのは、つい先週のことだ。

「とにかく、それほど親しい人のパーティーっていうわけでも、ないんだ。僕が昔から世話になっている、いわば恩人が、熊沢さんと親しくしてるっていう関係でね」

理恵は、感心したように相槌《あいづち》を打っている。

「まあ、義理だけは欠かせないっていうのは間違いないんだが、今回は、僕は失礼するつもりだったんだ。それが、今朝になって急に、その恩人から連絡が入った。自分の都合が悪くなって行かれないものだから、代わりに僕に顔を出して欲しいっていうわけさ」

喋《しゃべ》りながら、橋口は足元にアタッシェケースを置き、コートのボタンを外し始めた。下からは、明るめのグレーストライプのダブルスーツが現れる。

「今日はミラノファッションですね」

かっちりとしたラペルの、やや高めの位置にゴージのあるスーツを、上から下まで眺めて、理恵は感心したような声で言った。

「さすがだね、分かる?」

もちろん、と頷いて、彼女は改めて橋口の襟元を見る。

「今、お召しになっていらっしゃるネクタイだって、十分に素敵だと思いますけど」

橋口は、わずかに眉《まゆ》をひそめて見せた。本当は、自分でも満足しているコーディネートだった。このネクタイを選ぶだけで、どれだけ時間がかかったか知れないのだ。

だが、彼は困った表情のままで、わざと鏡をのぞき込んだ。

「このスーツには、もう少しエプロンの幅の広いものの方が、いいように思うんだよな。特に、少し華やかな場では」

「ああ、はあ」

「それに、それほど堅苦しいパーティーじゃないにしても、もう少し落ち着いた柄の方がいいかと思って」

　理恵は、意外そうな表情で「お詳しいんですね」と言った。

「ネクタイは、男の武器だからね。女性みたいに、色んなお洒落《しやれ》が出来るわけじゃないから、せめて、それくらい凝りたいって、心掛けてるんですよ」

　橋口は、照れたような笑みを浮かべると、そんな言い方をした。理恵は、納得したように橋口の脇《わき》から鏡をのぞいていたが、今度は自分が橋口の先に立って歩き始めた。

「では、今日お召しのスーツに合わせて、イタリアもので統一してみましょうか」

「あなたのセンスを信じてるから、任せますよ」

　彼女の後について歩きながら、橋口は鷹揚《おうよう》に答えた。理恵は、かなり広い売場を歩き回り、真剣な表情で数本のネクタイを選び出すと、順番に橋口の襟元に当てていく。

「本当は、こんな雰囲気のものを締めていただきたい気がするんですが」

　自分の手元で商品をくるりと巻き、結び目を作っては橋口の喉元《のどもと》にネクタイを差し出す彼女の表情は、真剣である以上に、わずかに楽しそうに見えた。

「面白いけど、パーティーにはどうかな」

「ちょっと派手かしら。お年寄りが、多いんでしょうしね」

　橋口が、初めて彼女を気に留めたのは、一カ月ほど前のことだ。何気なくこの売場に足を運んで、ぶらぶらと商品を眺めて歩いていたときに、愛想のない、疲れた表情の店員に目が留まった。

「これなんか、いかがでしょう。ヘビーシルクで手縫いの商品ですから、お品物自体は、とてもいいんですけれど」

「こりゃあ、また、ちょっと地味じゃないか？」

「そう、ちょっと、橋口さんにはお気の毒かしら」

言いながら、彼女はくすくすと笑う。初めて見かけたときの、理恵の表情は虚《うつ》ろそのもので、笑顔とは無縁なほどに見えたものだ。額や頬には吹き出物が見られ、店の照明の下で、その青白い顔はわずかにむくんで、不健康そのものという感じだった。淡々と日々を過ごしているものの、何の楽しみもないかのように、目はとろりとして、流行とも無関係の制服に包まれた肉体の内側には、ガスのように不満やストレスがたまっているのが、容易に見て取れた。

「じゃあ、こちらは。これでしたら、普段お使いになるのにも合わせやすいですし、フォーマルなお席でも、十分に素敵ですよ」

だが今、橋口に様々な柄のネクタイを差し出す理恵は、自分の仕事を十分に楽しんでいるように見える。確かに、彼女は変わり始めている。それが、橋口には強く伝わってきていた。

「なるほどね、思ったほど堅苦しくもならないんだね」

橋口は、彼女の差し出した、何本目かのネクタイを手に取って感触を確かめ、さらに鏡をのぞき込んでみた。

「これ、素材は何なのかな、シルク？」

「シルクと、ヴィスコースを使っております。それで張りが出ていますから、実はこのお品は、芯地《しんじ》を抜いてあるんです」

「へえ、芯地がないの」

「ですから、これだけの幅のネクタイでも、かなり柔らかくて、締めやすくなっております。朝、お締めになったら、一日中、崩れたり、緩んだりもしないというものですわ」

それは、シンプルなモノトーンの、細かいストライプのネクタイだった。橋口は、「なるほどねえ」と答えながら、しげしげと鏡をのぞき込んでいたが、急に思い出したように腕時計に目を移した。それから、「あれ」と言いながら、その時計を耳元に近づける。

「ああ、よかった。止まってるかと思った」

理恵が不思議そうな顔になった。

「聞こえるんですか？　針の音が？　クォーツじゃ、ないんですか？」

橋口は、にこりと笑いながら、彼女の耳元に自分の腕時計を差し出す。理恵は橋口の時計に耳を傾け、やがて驚いたように、「聞こえるわ」と言った。

「手巻きの時計なんだ」

「珍しいですね、今時、手巻きなんて」

理恵は、改めて橋口の時計をのぞき込んで、またもや感心した声を上げている。彼女の目には、間違いなくピアジェのロゴマークが見えたはずだ。

「この前も、その時計をしていらっしゃいました？」

「どうだったかな、時計は、いくつか持ってるから」

「時計を集めるのが、橋口さんのご趣味なんですか？」

「そういうわけでもないけど、結構忙しい毎日を過ごしてるもんで、時計を見ることが多いだろう？　同じ忙しさでも、せめて時計を替えていれば、その日によって多少なりとも気分が変わるかなと思ってね。まあ、僕のささやかな道楽、かな」

「素敵ですねえ、そういう考え方」

「そんなことも、ないさ。そうでもしなきゃ疲れるからだよ。何しろ、もう、そう若くないから。あれこれと工夫して、生活にめりはりをつけなきゃ」

「あら、そんなこと。橋口さんくらいのお歳で、そんなことを仰《おっしゃ》ってたら、ご家族が怒りますよ」

「残念ながら、独り者なんでね。僕が老《ふ》けようが、惚《ぼ》けようが、怒ったり泣いたりする人はいないんだ」

橋口は、出来るだけさり気ない表情で言った。理恵は、再び目を大きく見開いて「あら」と言って、自分の手を口元にもっていった。

「お独り、なんですか」

「正真正銘のね。どうも、女性には縁がないらしくて」

「じゃあ、一度も、あの——」

言いかけて、彼女は、自分が喋りすぎたことを悟ったらしい。慌てて口を噤《つぐ》むと、少しばかりきまりが悪そうな表情で「すみません」と呟《つぶや》いた。

「あんまり時間がないんだ。ネクタイ、ここで締めていっていいかな」

橋口は、フィッティングルームに向かおうとする彼女を制して、その場で羽織っていたコートと上着を脱ぎ始めた。理恵は、手早く新しいネクタイのタグを外すと、橋口の服を受け取り、必要以上に真剣な表情で、締めてきたネクタイを解く橋口の前の鏡の角度を調節している。橋口は、横目で彼女をちらちらと眺めながら、真新しいネクタイを締め始めた。

「僕の戸籍は、綺麗《きれい》なものだよ」

「──はい？」

「さっきの質問の答え。仕事にかまけて、その上、何だか選り好みをしているうちに、タイミングを逃したらしくてね」

理恵の説明通り、幅の広いネクタイなのに、芯地が抜いてあるというそれは、しっとりとした感触で、しかも張りがあり、馴染《なじ》みやすいものだった。橋口個人の好みからすれば、少し地味だという気もするが、品良くまとまることは確かだ。

「よく、お似合いです」

隣から鏡をのぞき込んでいた理恵は、満足そうに頷いている。橋口は、鏡越しにそんな理恵を見つめ、それから改めて振り向いた。

「本当は今日あたり、夕食にでも誘おうと思ってたんだ」

素早く周囲を見回し、人気がないのを確認すると、橋口は小声で囁《ささや》いた。理恵の目が、さらに大きく見開かれた。

「あの──」

「あなたを、だよ。曽田理恵さん」

一瞬にして、職業上の表情の隙間《すきま》から、素顔の彼女がのぞく。当惑、逡巡《しゅんじゅん》、微《かす》かな期待。

「週末だし、ちょうどいいかなと思ってね。まさか、こんなことになるとは思わなかったものだから。だけど、せめて顔だけでも見ておきたくて。実は、大して行きたいパーティーでもないから、ネクタイなんか、どうでも良かったんだ。ここに来る、口実になるかと思って」

理恵は、急にはにかんだ顔つきになって、わずかに俯《うつむ》いた。橋口の視点からは、彼女の髪と、ぽつぽつと吹き出物の見える額だけが見えた。

「どうだろう、今度、改めて食事に誘ったら――いけないかな」

「――」

「ああ、ご免よ。そんなことをしたら、彼氏に叱《しか》られるか」

「あ――いえ」

そこで、理恵は慌《あわ》てたように顔を上げた。そして、またすぐに俯く。

「――そんな人、いませんから」

俯いている理恵と向かい合いながら、橋口は小さく微笑《ほほえ》んだ。

「じゃあ、近いうちに電話しても、いいかい」

嬉《うれ》しそうに頷《うなず》く彼女から、橋口は素早く上着とコートを受け取り、再び袖《そで》を通すと、何事もなかったかのように「キャッシュで」と言いながら、札入れを取り出した。ホースヘアーの長財布はドイツ製の逸品だ。軽さと耐久性に定評のあるその財布は、嫌味でない程度に、わずかに膨らんでいる。理恵は、橋口が外したネクタイを手に持ちながら、ちらりと橋口の手元に視線を走らせ、そして、かつて見たことのないような表情で微笑んだ。

「ここに電話して、いいのかな」

キャッシャーに向かいながら話しかけると、いそいそと歩く理恵は、晴れ晴れとした笑顔で、自信たっぷりに「大丈夫です」と頷く。

「誰かに嫌味を言われたり、しないかい」

「全然。でも、驚かれるかも知れませんけれど」

理恵は、わずかに悪戯《いたずら》っぽい表情で、くすくすと笑った。急に視線が熱っぽく感じられる。橋口は、その視線を正面から受け止め、ゆったりと頷いて、二、三日中に必ず電話をするからと約束した。

「それまでに、何が食べたいか考えておくこと、いいね」

嬉しそうに頷く彼女に見送られて売場を後にし、橋口は再びエスカレーターで階下に降りた。建物から出た途端に、相変わらずの冷たい風が、切りつけるように吹いてくる。その風に、コートの裾《すそ》を翻《ひるがえ》しながら、既に完璧《かんぺき》に人工の明かりだけに照らされた夜の街を、橋口は颯爽《さっそう》と歩き始めた。

第一章　着手

1

その夜、一一時も回った頃に、橋口は強風にあおられてはためいている暖簾《のれん》をくぐった。戸口を開けると、すぐに「あら、いらっしゃいまし」という、いつもの声が聞こえてくる。さほど広くもない店のカウンターの向こうから、女将《おかみ》が笑顔で「お久しぶり」と笑いかけてきた。

「何だい、暇じゃない」

橋口は、一通り店内を見回し、「大丈夫なの」と続けながら、カウンターの前に進んだ。

「おあいにくさま、さっきまで混んでたのよ。ちょうど、ひと山越えたところ」

女将は、笑顔のままで客席側に回り込んでくると、橋口の後ろに回ってコートを脱ぐのを手伝った。いつも、そんなことをしてくれるわけではないが、他に客がいないときには、応対も丁寧になるらしい。

「あら、軽いコートねえ」

「でも、好《い》い加減に脱ぎたいよな。もう三月だっていうのに」

女将がコートをハンガーに掛けている間に、橋口はカウンターに向かって腰掛け、レジの脇《わき》に、小さな和紙のひな人形が飾られているのを目に留めた。

「ひな祭り、か」

「今さら、こんなものを飾ったってって、言いたいんでしょう」

再びカウンターの内側に回った女将は、熱いおしぼりを差し出しながら笑っている。橋口は、「まさか」と微笑《ほほえ》み、受け取ったおしぼりを顔に押しつけた。それほど足繁《しげ》く、また以前から通っている店でもなかったが、彼女が未《いま》だに独り者だということは、他の常連客との会話を聞いて知っている。

「土曜日なのに、こんな時間まで、お仕事?」

取りあえずビールを注文し、目の前に置かれたお通しに箸《はし》をつけていると、女将が言った。店内には何の音楽も流れておらず、場末の小料理屋にありがちな、片隅にテレビが置かれているなどということもなかったが、女将の高く、張りのある声が響くと、それだけで賑《にぎ》やかな雰囲気になった。

「つき合いでね、さる代議士のパーティーに顔を出してた」

「代議士？」

「知ってるかな、民自党の熊沢って」

女将は、「ああ」と言うように頷《うなず》き、「前の幹事長か何かじゃなかった？」と言った。

橋口は自分も頷きながら、隣の椅子《いす》の上に置いてあったアタッシェケースから、毛筆の書体でタイトルの書かれている、布張りの装丁の本を取り出した。二万円の会費を支払って、今夜のパーティーに出席した人全員に配られた熊沢の自叙伝だ。

「今となっちゃあ、大した力があるとも思えないけど、まあ、あの手この手で資金集めをしたいんだろうよ」

女将は、橋口の手元をのぞき込んで、「へえっ」と感心した声を出している。

「橋口さん、そういうところにも、お顔を出していらっしゃるの」

「好きで出してるわけじゃないけど、義理やらしがらみやら、色々あってね」

さり気なく答えながら、橋口は背広の内ポケットから、今日の収穫とも言うべき数枚の名刺を取り出した。民自党の北条陽介、同じく武田喜八、前澤為治、その他に、野党代議士の名刺が二枚、政治ジャーナリストに評論家、テレビや新聞で誰もが知っている経済界の大物の名刺もある。

「じゃあ、お腹《なか》は空《す》いてらっしゃらないのかしら？　パーティーで、ご馳走《ちそう》が食べられたでしょう」

「とんでもない。立食パーティーだし、挨拶《あいさつ》ばっかりして歩いてるんだから、食べてる暇なんか、ありゃしないよ。それに、ご馳走っていったたって、在り来りのオードブルをつまむ程度だからね。もう、途中から、ここの煮込みが食べたくて、そのことばかり考えてたんだ」

女将は、芝居がかった仕草で、「それはそれは」と頭を下げて見せる。『まき』という この小料理屋は、普段は女将の他に、板前と店員がいる。だが、今夜に限っては、そのどちらの姿も見えなかった。聞けば、店員は数日前に突然いとま乞《ご》いをし、板前の方は、今夜は風邪気味で早く帰ったとのことだった。この店で、女将と二人きりになったのは、初めてのことだ。

「それじゃあ、今夜は大変だったね」

「だけど、ねえ。食べ物商売で、咳《せき》やらくしゃみやらされちゃあ、たまらないでしょう? 仕方ないわ」

歳《とし》の頃なら四五、六というところだろうか、小柄で、指先や二重顎《あご》の下の首などを見る限りは、若い頃はさぞかし華奢《きゃしゃ》だっただろうと思われるが、今は顎の下にも上半身にも、たっぷりと肉がついている。だが、白い肌の色つやは良く、目立った皺《しわ》もなくて、実際の年齢よりも、かなり若く見えるのかも知れなかった。街外れの小料理屋の女将にしては、彼女は常に趣味の良い和服をきっちりと着込み、上から白い割烹着《かっぽうぎ》をつけて、髪なども綺麗《きれい》にセットしていた。そんな彼女の雰囲気から、橋口は、彼女はおそらく若い頃は、それなりの店にいたか、または芸者か何かだったのではないかと想像していた。

「誰か、うちみたいなところで働いてくれるような子、いないかしらねえ」

カウンターの内側で動き回る女将は、ため息混じりに言う。

「大学生は就職難だなんだっていうけど、うちみたいな商売は、いつだって人手不足なのよ。ねえ、橋口さん、心当たり、ない？」

「僕が？」

ゆっくりとビールを飲みながら、橋口は意外だという表情になった。女将は丸い額の下に、わずかに下がり気味に描いてある細い眉《まゆ》の根を寄せて、哀願するような表情になった。

「だって橋口さん、お顔が広いじゃないの。うちに連れてきた女性だけだって、何人くらいいたかしら――」

「よしてよ、ここに連れてくる子たちはね、皆――なに」

言いかけたとき、女将の表情が止まっているのに気づいた。鮮やかな朱に彩《いろど》られた口をわずかに開いたまま、彼女はぽかんとした顔をしていたかと思うと、片手に菜箸を握ったまま「そうだ！」と言った。

「そうそう、橋口さんが見えたら、うかがおうと思ってたんだわ」

橋口は、何のことだか分からないまま、女将の顔を見つめていた。

「昨日、ううん、一昨日《おととい》の新聞、見た？」

「新聞？　一昨日の？」

「東洋新聞よ、東洋の、朝刊」

「ああ、いや。僕は、毎朝だから」

橋口が答えるが早いか、女将は「ちょっと待ってて」と言い残し、小走りに店の奥に行ってしまった。橋口は、静まり返った店に、一人で取り残された。しゅんしゅんと、湯の沸く音がする。強風が、外に立てかけてある何かを揺らす音が響いていた。やがて、とんとんと階段を下りる音が聞こえてきた。橋口は意外な思いで、その足音を聞いた。確か、この店は、小さなビルの一階に入っている。大方テナントとして入っているのだろうと思っていたので、店内に二階への階段があるとは考えてもいなかったのだ。

「ここ、二階があるの」

新聞を片手に戻ってきた女将に、橋口はビールのグラスを傾けながら尋ねた。

「二階より上はね、住まいなのよ。ちょっと、そんなことよりも、ほら」

女将は、気ぜわしく新聞を開き、真剣な表情で紙面を見回すと、「ほら、ほら」と地方版の紙面を差し出した。橋口は、何のことだか分からないままに、女将の指さす記事に目をやった。


【女性転落死～京王線一時不通に～】


小さな見出しが目に飛び込んできた。そういえば数日前、京王線が一時止まったということは、テレビを見ているときにニュース速報が流れていたので覚えている。

「その写真よ、見て」

女将が焦《じ》れったそうに顔を突き出してくる。言われるままに、小さな記事の脇にある写真を見て、橋口は一瞬、心臓が止まりそうになった。

「ねえ、その人――」

女将の言葉も耳に入らないまま、橋口は急いで記事を読み始めた。

【……持ち物から、死亡したのは、郵便局勤務の吉田邦子《よしだくにこ》さん(三七)＝東京都調布市若葉町二―二八＝と見られる。吉田さんは二七日午前八時頃、京王線仙川駅を高尾山口発新宿行きの京王線特急が通過しようとしたときに、線路に転落したもの。目撃者によれば、電車が通過するという駅のアナウンスが聞こえた直後に、吉田さんがふらふらと線路に向かって歩き出し、ホームに入ってきた電車の前に飛び込んだらしく、吉田さんは即死の状態だった。警察では、自殺の可能性も高いとして……】

橋口は、記事から目を離すことも出来ないまま、「彼女が」と呟《つぶや》いた。

「吉田、さんだ。前に、ここにも連れてきたことのある――」

ようやく顔を上げると、怯《おび》えたような女将の顔が迫ってきていた。彼女は「やっぱり」と頷き、深々とため息をついた。

「どこかで見た顔だなあと思ったのよ。それで、あれこれと考えてるうちにね、ああ、そういえば、橋口さんのお連れだった方じゃないかなあって思い出して」

「――知らなかった、どうして彼女が」

橋口の声は、思わず震えていた。数杯のビールで、微《かす》かに温まり始めていた身体《からだ》が、いっぺんに冷え切った。二の腕から背筋にかけて、ぞくぞくと悪寒《おかん》が駆け上がり、その一方で、こめかみから額にかけてだけ、かっと熱くなるのが分かった。

「最近も、会ってらしたの？」

女将の言葉に、橋口は即座にかぶりを振った。

「このところ、もうずっと会ってなかった——連絡が、なかったからね。だけど、僕が会ってた頃は、明るくて朗らかで、とてもこんなことをするようには思えない人だったんだが」

「よく笑う、陽気な方っていう感じだったわよねえ。そんな人が、まあ、どうして飛び込み自殺なんて、ねえ」

橋口は、カウンターにのせた手で握り拳《こぶし》を作ったまま、新聞の写真を見つめていた。死んだだと？　自殺した？　電車に飛び込んで？　そんな言葉が、頭の中を渦巻いた。

——馬鹿《ばか》が。

何か、考えなければいけないような気がして、頭の中が目まぐるしく回転している。だが、何を考えれば良いのかが分からなかった。悔しいような、情けないような思いがこみ上げてくる。何も、死ぬことはないではないかと思う。そのとき、女将が「実はね」と言った。

「その、吉田さんていう方ね、一人でお見えになったことが、あるのよ」

「ここに？ いつ」

女将は、息を詰めている橋口に向かって大きく一度頷いた。

「いつ頃だったかなあ、去年の、秋口くらいだったんじゃないかしら。それで、余計によく覚えてたんだけど」

「——彼女、何だって？」

橋口は、女将の顔から目を離すことが出来なかった。彼女は、当たり前だと言わんばかりの表情で、吉田邦子は橋口を捜して来たのだと言った。

「——何でだろう。僕に用があるんなら、捜し回ったりしないで、電話でも寄越せばいいじゃないか、なあ」

「私も、ちょっと不思議だと思ったんだけれどもね、たまたま、この近くに用があったんで、橋口さんがいるかなと思って寄ってみたんだって、確か、そんなことを言ってらしたわねえ。そんなに大切な用事でもなかったんじゃない？」

「——そのときは、どんな様子だった？」

「相変わらず、明るくて元気に見えたんだけどねえ。それにさ、彼女、そのときに言ってたのよ。『近々、結婚するんです』って」

「結婚？　誰と」

女将《おかみ》は、「さあ」と小首を傾《かし》げ、吉田邦子は大方、そのことを橋口に報告したかったのではないだろうかと言った。

「そんな報告なら、喜んで聞いたのにな」

「でも、結局はこういうことになっちゃったんだから、あんまりいい話じゃなかったっていうことじゃない？」

「――もしも、その結婚話が原因ならね」

「何があったんだかは知らないけどさ、何も、死ぬことなんかないじゃないねえ。まだ三〇代でしょう？　これからまだまだ、色んなことがある歳なのに」

橋口は、ただ頷くより他になかった。

「ねえ――調べてみたら？」

「調べるって、何を」

「だって、一度はご縁があったんじゃないの。こんな亡《な》くなり方をするなんて、哀れじゃない」

「――縁っていったって。そんな深い関係だったわけじゃないよ。ちょっとしたことで知り合いになって、二、三回飲んだっていう程度なんだから」

「私の方からは、そうは見えなかったけど」

女将は、意味あり気な視線を送ってくる。橋口は、「ちょっと、やめてくれよ」と、わずかに上ずった声を出して笑った。

「ここには、他にも色んな女性を連れてきてるじゃないか。まさか、彼女たちと僕が、全部関係があると思ってるんじゃないだろうな」

それでも、女将はいかにも意味あり気な表情で、「どうだか」と答える。

「橋口さんの方に、その気がなくたってね、お相手の方は、その気十分っていうのが、多いんじゃない？　橋口さんは、どう思ってらっしゃるか知らないけど、私の目から見たって、独りでいるのが不思議な人なんだから」

「知らないよ、そんなこと。第一、僕に対して、そんな気持ちがあるんだったら、どうして結婚なんかするんだよ」

「いつまでも振り向いてくれないから、腹いせ、かもね」

「やめてくれよ」

橋口は、心の底から面倒臭くなって、思わず吐き捨てるように答えた。色白の女将は、目尻《めじり》の辺りにちらりと嫉妬《しっと》めいた表情を浮かべながら、ころころと鈴の鳴るような声で笑う。

「いつまでも独り者で、ふらふらしてるから、女が群がってくるのよ」

「ふらふらなんか、してないって。向こうがどう思うかは知らないけど、僕の方じゃあ、仕事の延長としての感覚以外、何もないんだから」

「それはそれは、失礼いたしました。まあ、亡くなった方のことを、こんな風に言うのはあれだけど、橋口さんとは合わない感じの方だとは、思ったのよね」

女将の言葉に、橋口は微かに鼻を鳴らして笑った。

――死んだのか。電車に飛び込んで。

仕方がない、死んだものは戻らない。そういう運命の女だったのだ。大きくため息をつくと、彼は女将を呼んだ。

「今夜は、飲もうや。僕と女将とで、冥福《めいふく》を祈ってやろうよ」

言いながら、橋口はビール瓶をカウンターの向こうに差し出した。女将は「そうね」と頷《うなず》いてから、「私は、お酒の方が、いいんだけど」と媚《こ》びる笑みを浮かべた。

「よし、じゃあ酒にしよう。どうだい、もう暖簾《のれん》をしまえよ。週末で、こんな寒いときたら、もう客なんか来やしないよ」

「あら、橋口さんは、いいの？　これから腰を据えて飲んだら、何時になるか分からないわよ」

「待ってる人がいるわけじゃなし。第一、明日は日曜日だからね、少しくらい寝坊したって、罰は当たらないだろう」

女将は、わずかに考える顔をしていたが、ひとつ息をつくと、肩をすくめながら「そうね」と頷いた。

「ちょうど早じまいしたいと思ってたのよ。何しろ、一人で動かなきゃならなかったでしょう？　本当を言うと、もう、くたくた。やっぱり、歳《とし》かしらね」

「またまた、よせよ。女将の口から『歳』なんていう台詞《せりふ》、聞きたくないよ。死んだ人には申し訳ないが、僕たちは、まだまだ楽しませてもらわなきゃ」

橋口の言葉に後押しされたかのように、彼女はカウンター脇《わき》の壁に手を伸ばし、スイッチをいくつか押した。途端に、カウンターの内側が暗くなり、客席側も、わずかに薄暗くなった。さらに、女将はいそいそと客席側に回り込んできて、橋口が来た後は、一度も開かれなかった戸口に向かう。さほど古びていない格子《こうし》の引き戸を開くと、冷たい風が一気に吹き込んできた。

「手伝おうか」

「いいのよ。暖簾をしまうだけなんだから」

振り向けば、さっきまで客の到来を待ち受けていたはずの外の照明は既に落とされて、更《ふ》けていく夜の闇《やみ》が、戸口のすぐ前からぽっかりと口を開けていた。

――一寸先は、闇。

橋口は、その闇を見つめ、丸く、大きな尻《しり》を見せて暖簾をしまい込む女将の後ろ姿を眺め、残りのビールを飲み干した。

2

「ねえ」

耳元で、かすれた声がする。

「本当に、何でもなかったの？」

「何が」

「だから、あの、死んだ子と」

裸の胸の上を、細い指が動き回る。うっすらと脂《あぶら》の乗った丸い肩を抱き寄せながら、橋口は「また」と言った。

「そんなに僕が、信じられないか？」

首を捻《ひね》ると、鼻先を女将《おかみ》のほつれた髪がかすめた。橋口は、空いている方の手で、彼女の髪をゆっくりと撫《な》でつけた。

「だって、信じるも信じないも――」

「女将は――」

「もう、忘れたの？　私の名前」

白くて丸い顔が、至近距離から橋口を見つめている。橋口は、その額にかかった髪を撫で続けながら、「登与子《とよこ》」と囁《ささや》いた。『まき』の女将の名を、昨夜ずいぶん遅くなってから、橋口は知った。屋号の『まき』というのが名前だと思っていたのだが、それは、彼女の苗字《みようじ》の方だった。名前を呼ばれて、彼女は微《かす》かに鼻を鳴らし、布団《ふとん》の下で身体《からだ》を寄せてきた。

「まさか、こんなことになるなんて。私も、駄目ねえ」

橋口の肩の上で、ため息混じりに呟《つぶや》く声は、その動作とは裏腹に、わずかに自嘲《じちよう》を含んでいる。橋口は、そんな彼女の髪を撫で続けていた。

「登与子は、僕が、誰とでもこういう関係になると思ってるのか」

「――知らない」

「じゃあ、酒の勢いでこんなことをしたと思ってる？」

この鉄筋の建物は、槇《まき》登与子自身の所有するものだという。敷地面積は二〇坪に満たないほどに狭いが、自分は店の二階に住み、三、四階は、それぞれ人に貸して、ささやかながら家賃収入も得られるようになっている。それらの話は、酒がすすむにつれて、登与子が自分から語った話だ。彼女は、自殺した女のことなどすっかり忘れ果てたように、故郷を捨てて東京に来てからの自分の人生を、滔々《とうとう》と語り続けた。

「分からないわ、そんなこと――でも、それでも、いいのよ」

「どうして」

「小娘でもあるまいし、今さら、一度くらいこんなことがあったからって、あなたに迷惑をかけたりなんか、しやしないわ」

　今度は、橋口がため息をつく番だった。橋口の胸が大きく上下に動くと、登与子の丸い手も、それに合わせて動く。

「分かってないんだな」

「分かってるったら。心配いらないって、言ってるの」

「じゃあ登与子は、どうして僕がここに、色んな知り合いの女の子を連れてきていたと思ってる?」

　橋口は、ゆっくりと話しながら、登与子の手を握った。昨日、彼女は酔った勢いで、この建物を手に入れたのは、四〇を超えたばかりの頃だと言った。それまで、こつこたとえ、故郷の親が死んだことで入ったささやかな遺産とを合わせて頭金にし、残りの金は一〇年のローンを組んで返済することにした。そして、早いもので、去年やっと、そのローンも払い終えたという。つまり、登与子は現在五二、三歳ということだ。それにしては、彼女の肌は弾力があり、若々しかった。

「そんなの、偶然でしょう？　うちの店が、たまたま便利な場所にあって、手頃だったっていう」

「確かにね、最初は、そうだったさ」

ここは、世田谷《せたがや》の三軒茶屋のはずれだった。どれほど小さくとも、この界隈《かいわい》でビルを持っているといったら相当なものだ。だが昨夜、登与子はため息混じりに言っていた。やっとローンを払い終える頃には、店の内装も古びてくるし、建物自体も多少の補修が必要になる。客商売は嫌いではないが、結局、いつまでたっても、こうして働き続けていかなければならないのが、どうやら自分の人生らしい、と。

「だけど、それだけじゃない」

片手で登与子の肩を抱き寄せ、もう片方の手で彼女の手を握りながら、橋口は彼女のほつれ毛の下の耳に口を寄せた。

「あなたに、僕を意識して欲しかったからじゃないか」

息を吹きかけながら囁くと、登与子がわずかに身体をくねらせた。

「少しはやきもきしてくれるだろうかと思うから、いつも違う人を連れてきてたんじゃないか」

嘘《うそ》、と答える彼女の声は鼻にかかっている。橋口は、「嘘なもんか」と囁き続けた。

「それなのに、いつでも涼しい顔で、まるで気にも留めてくれないんだもんな」

「だって——」

「僕が、どんな気持ちでいつもあなたを見てたか、全然、気がついてもいなかったんだろう」

登与子は背を反らし、橋口の目をのぞき込んでくる。橋口は、その瞳《ひとみ》をじっと見つめた。

「冗談は、やめて」

「冗談で、こんなことを言うと思ってるのか」

「——そんな素振り、一度だって見せなかったじゃないの。第一、一人で来たときだって、いつも、ごく普通に見えたわ」

「一人で来たときの、僕の気持ちが分かるかい？　あなたが他の男の客と楽しそうに喋《しゃべ》ってるところを見ていて、僕がどんな気持ちだったか」

登与子の瞳が潤《うる》んでいる。化粧が取れかかって、疲れた素肌がのぞきかけていた。橋口は、輪郭も滲《にじ》み、ほとんど口紅の残っていない唇に、自分の唇を押しつけた。そして、再び強く彼女を抱き寄せる。

「諦《あきら》めかけてたんだ。あなたは、ちっともこっちを振り向いてはくれないし、僕は、こう見えても案外不器用で、どうやって自分の気持ちを伝えたらいいか、まるで分からなかった」

「橋口、さん」

「たまに顔を見に来るだけで、それだけで満足しようと思ってた。昨日だって、普通に飲んで、普通に帰るつもりだった。だけど、板前も店員も、他に誰もいないなんて、これは運命じゃないかと思った。これを逃したら、もう二度と自分の気持ちを打ち明けられないに違いないって」

登与子は、橋口の視線から逃れるように顔を伏せ、その頬を橋口の胸に押しつけてきた。橋口は、彼女のたるみかけた顎《あご》に手をやり、小さく抗《あらが》う彼女の顔を、もう一度自分の方に向かせた。登与子は、眉《まゆね》根に深く皺《しわ》を寄せ、苦しげな表情を見せた。

「――私を、いくつだと思ってるの」

「僕だって、四三だ。こんなことを言うのも、気恥ずかしい歳《とし》だ」

「私は、あなたよりも――」

「関係ないじゃないか、そんなこと」

「だって――」

「出逢《であ》うまでに、お互いに少し遠回りしたっていうだけだろう？　でも、まだ間に合うとは、思わないか。これからの人生を、考えたっていいんじゃないか」

何か言いかけた彼女の唇を、橋口は自分の唇で塞《ふさ》いだ。登与子の手が橋口の肩にかかり、首の後ろに回って、力がこもった。

「私のことなんか、何も知らないくせに」

長い口づけの後で、登与子は上気した顔で言った。橋口は、今度は彼女の首筋に唇を這《は》わせながら、「これから、知ればいい」と囁いた。

「僕は、運命を信じてる。やっぱり今まで、独りできて、よかった」

登与子の瞳は期待と不安に揺れて見えた。橋口は、その彼女の頰を軽く撫で、「行かなきゃ」と言った。途端に、登与子の顔に落胆の色が広がる。その顔を見て、橋口はゆっくり微笑《ほほえ》んだ。

「午後から、人に会わなくちゃならないんだ」

「人に、ね」

橋口は最後にもう一度登与子に口づけをして、それから布団の上に身体を起こした。コートと背広はハンガーに掛けられているが、ワイシャツは、畳の上に脱ぎ散らかしたままだ。その上を、昨日買ったばかりのネクタイが、黒白の珍種のヘビのようにのたくっている。

「仕事だよ、仕方がない」

「日曜なのに」

「自営業に、土日なんか関係ないさ」

手早く下着を着込むと、橋口は、そこで笑顔で振り返った。化粧が取れると、年齢不詳のぼた餅《もち》のような印象になる登与子の顔が、布団の上からこちらを見つめている。

橋口は、そのぼた餅顔に、もう一度軽く口づけをした後、枕元《まくらもと》に放り出されていた眼鏡をかけ、腕時計をはめて、立ち上がった。その動作のひとつひとつを、登与子が見守っているのが感じられる。時計の針は、午前九時を回ったところだ。

「今、ちょうど大変な時期なんでね。新しいソフトの開発が、山場を迎えてるんだ。スタッフはほとんど徹夜続きで働いてくれてる」

「ソフトって、ゲームの？」

背後から、登与子のかすれた声が聞こえてくる。普段は張りのある若々しい声だが、寝起きの声は、野良猫《のら》のうめき声のようだ。橋口の名刺は、もうずいぶん以前に渡していた。そのときだけでなく、ことあるごとに仕事の話は聞かせていたから、漠然とではあっても、登与子は橋口の仕事を理解している様子だった。

「今度のソフトが完成したら、すごいブームを呼ぶことは、間違いない。そのための、今がいちばん大切なときなんだ」

すべての身支度を整えた後、橋口はもう一度振り返った。登与子は、はにかんだような表情で、布団の縁《へり》を摑《つか》んだまま、こちらを見上げていた。

「私、このまま失礼して、いいかしら。何だか、照れ臭くて」

「もう一度眠るといい。僕に気を遣うことなんか、ないからね」

言いながら、財布を取り出す。

「昨夜《ゆうべ》、酔っ払って支払いを済ませてなかった」

すると、登与子はわずかに怒ったような顔になって、金などいらないと言った。だが橋口は、嫌がる彼女に札を握らせようとした。普段、一人で飲み食いするときには、せいぜい小一万で済む店だったが、取り出した金は一万円札が三枚だった。

「受け取れるわけ、ないじゃないの」

「どうして」

「だって、あなたから、お金をもらうなんて」

「何、言ってるんだよ。それとこれとは、別だ」

それでも登与子は首を横に振り続けた。

「代わりに、お願いがあるの」

「なに」

「もう、他の女の方を連れてこないって、約束して」

「当たり前じゃないか、もう、そんなことをする必要ないだろう? それより、男がいったん出したものを、引っ込めさせようっていうの」

そういう言い方をすると、登与子は多少申し訳なさそうな、それでいて安心した表情で、「じゃあ」と金を受け取った。橋口は畳に膝《ひざ》をつき、布団の上に身を屈《かが》めて登与子の髪を撫でると、「愛してるよ」と囁いた。

「電話する。いいね」

「私が連絡したいときは、どうしたらいいのかしら」

登与子は切なそうな顔で言った。橋口は、初めて思い出したように「そうか」と呟き、内ポケットから名刺とペンを取り出した。

「ポケベルの番号を教えておくよ」

自分の名前の上に番号を書きつけて差し出すと、登与子はそれを受け取って眺め、驚いた顔になった。

「非常勤講師？」

「そういうこともやってるんだ。それで、忙しいわけ」

今度の名刺は、以前に渡したものとは異なり、「○○大学文学部　非常勤講師」という肩書きが刷り込まれている。

「どこか青臭いっていうか、勉強を続けたい思いが、尾を引いてててね。会社の方だって面白いんだが、若い人と接するのは、いい刺激になるし」

登与子は、心底感心した表情になって、橋口を見上げている。橋口は、そんな彼女に、もう二言、三言、言葉をかけると「駄目だ、離れられなくなりそうだ」と言いながら立ち上がった。

「二階の玄関から、出てくださる？　後で、私が鍵《かぎ》をかけるから」

橋口は、いかにも名残惜しそうな顔でこちらを見ている登与子に小さく手を振ると、八畳の和室を出た。店の二階とはいえ、登与子の住まいは案外広々としていた。調度品などを眺めても、登与子の、それなりに充実した暮らしぶりが察せられる。どちらかといえば少女趣味のカーテンや、サイドボードの上に並べられた人形などを横目で眺めながら、橋口は店に下りる階段の下り口に脱いであった靴を取り、玄関に回った。外へ出ると、昨日と同様の冷たい風が吹いている。上階から続いている階段をゆっくりと下りる間、背後で施錠《せじよう》する音は聞こえてはこなかった。

日中にこの界隈を歩くのは、初めてのことだった。日曜日ということもあって、午前中の街は、どこかのんびりとしていた。コンビニエンスストアーの前に差し掛かると、緑色の公衆電話に目が留まった。橋口は、アタッシェケースを提げたまま、足早に電話に近づき、同時に背広から手帳とテレフォンカードを取り出した。

「ああ、僕です」

数回のコールの後で聞こえてきた「もしもし」という声に、橋口は話しかけた。

「ごめんよ、昨夜はホテルに戻ったのが遅くて、電話出来なかった」

「今、どちら？」

「まだ福岡。だけど、昼過ぎくらいの便で帰れると思うから、その足で、寄るよ」

「今日？」

電話口の向こうの声が、わずかに戸惑いを含む。橋口は、矢継ぎ早に「いい知らせが、あるんだ」と言った。

「いのいちばんに、あなたに報告したいことが、あるんだ。だから、真っ直ぐ、大急ぎで行くから」

「私、これからお友達と歌舞伎座《かぶきざ》に行くところだったのよ」

「これから？　じゃあ、会えないっていうのか」

橋口は苛立《いらだ》った声を出した。「だって」と口ごもりながら、相手が困惑している様子がよく分かる。

「今日、歌舞伎を見に行くなんて、聞いてなかったぞ」

「言ったわよ。それに、あなたが帰ってみえるのは、明日か明後日《あさって》だと思ってたものだから」

「何、言ってるんだよ。急いで報告したいことがあるから、急いで帰るって言ってるんだろうっ」

橋口の勢いに押されたように、沈黙が流れた。

「聞いてるのか、千草《ちぐさ》」

「――聞いてる、聞いてますけど」

「そうか。僕よりも歌舞伎の方が大切っていうわけだな。土産も買って、こんなにすぐにでも逢《あ》いたいと思ってるっていうのに」

「分かった、分かったわ」

千草はため息混じりに、歌舞伎へは行かないことにすると言った。急に体調を崩したとでも言えば、一緒に行く約束になっている友人も納得するだろうと言う彼女の声は、暗く、憂鬱《ゆううつ》そうに聞こえた。

「じゃあ、急いで行くから。夕方までには着けると思う。じゃあね」

それだけ言うと、橋口は電話を切った。それから広い通りまで出て、タクシーを拾う。とにかく、いったん家に戻ってゆっくりと風呂《ふろ》に浸《つ》かってから、少し眠りたい。

——こういう早い展開になるとは、思わなかったからな。

登与子とのことは、計算外だった。当分は、あのデパートに勤めている曽田理恵のことを念頭に置いておけば良いと思っていたのだ。だが、誰がどう考えたって、理恵よりも登与子の方が、うま味はありそうだ。いずれにせよ、手っ取り早く次のクライアントを見つけなければと思っていたことは確かなのだから、昨夜の展開は、喜ぶべきことには違いない。

タクシーのシートに揺られていると、うとうとと睡魔が襲ってくる。それを振り払うように、橋口はアタッシェケースを開き、中におさまっていたノート型パソコンのスイッチを入れた。目指すソフトを立ち上げると、そこに、昨日からの記録をタイプしていく。曽田理恵の名前の下には、新しく槇《まき》登与子の名が加わり、その横に住所・

電話番号・年齢など、分かる限りのデータを入力する。そして最後の備考欄に、「くろ・43」という文字が書き込まれた。

カーソルを上に移動させれば、曽田理恵の上の方には、夕方逢うことになっている宮脇《みやわき》千草の名前がある。彼女のデータの備考欄には「しろ・54」という文字が並んでいる。さらに、その少し上には、吉田邦子の名前があった。

――死ぬとは、なあ。電車に飛び込むなんて。

またもや、背筋がぞくぞくと寒くなった。考えただけでも、恐ろしい光景だと思う。あの邦子が。陽気で、話し好きで、それなりのプライドを持っていた女が。

――どうしてもっと、自分を大事にしないのかねえ。

ため息混じりに、橋口は目をつぶった。気の毒だとは思う。知っていれば、葬式くらいには出たかも知れないが、今となっては如何《いかん》ともし難い。だが、人生なんて、そんなものだ。どれほど身近な存在であろうとも、いかに深く関わろうとも、その人間の寿命にまで影響を及ぼすことなど、出来ようはずもない。無論、自分自身の寿命だって同じことだ。いつどこで、どんな形で死ぬのか、分かっている者などいはしない。だからこそ「今」を楽しむのだ。目に見えないものに憧《あこが》れたり、怯《おび》えたりする暇があったら、目に見えるものだけを信じ、人生を楽しまなければ意味がない。それが、橋口の考え方だった。

「釣りは、いらないよ」

自宅の少し手前でタクシーを止めると、橋口は数枚の札を支払い、冷たい風の中に降り立った。取りあえず登与子の匂《にお》いを洗い落としたら、昼過ぎまでは、ゆっくり眠るつもりだった。

3

受付からの内線電話を受けたのは、その日、阿久津《あくつ》がようやく出先から戻り、冷え切った身体《からだ》を薄い茶で温めようとしていたときだった。

「相談したいことがあるという人が、来ているんですが」

正午を少し回ったところだった。わざわざ見回すまでもなく、阿久津の周囲には、つい今し方、午前中一杯の行動を簡単に報告したばかりの係長の他は、誰もいない。もちろん、他の係の連中はちらほらといるのだが、阿久津たちのデスクの内線が鳴ったということは、それなりの相談だということだ。

「どういう感じの人ですかね」

「女性の方なんですが」

世間では、今日はひな祭り、しかも日曜日ときている。こういう日に、わざわざ警察に相談事を持ち込むとは、どういう女なのかと思う。

「何て、言ってます?」

「財産を、だまし取られたということです」

内心でうんざりしながら、背もたれに大きく寄り掛かり、何気なく視線を巡らしていると、係長と目が合った。何かの書類に目を落としていたはずの彼は、目顔で「行け」と言っている。勘弁して欲しい、女の相談者は、話が長くなるのだ。しかも、大抵の場合が感情的になっていて、こちらの言葉には耳を貸そうともしないことが多い。だが、他に誰もいない以上、阿久津が立ち上がらなければならないのは、避けようのないことだった。

「了解しました。下で、待ってもらってください」

結局、そう答えて電話を切ると、阿久津は飲みかけの茶をすすった。

「阿久っちゃん、ひとつ、頼むよ」

机の上で両手を組んで、係長は愛想笑いを浮かべている。阿久津は、大袈裟《おおげさ》に肩をすくめて見せた。

「午後から、例の小坂のことで、ちょっと行ってこようと思ってたんですがね」

小坂とは、次の都議会議員選挙で、保守系の政党から立候補する予定になっている人物だ。ちらりと小耳に挟んだところでは、どうやら選挙がらみで不穏当な動きを見せつつあるらしい。阿久津はその対立候補の周囲から、情報を聞き出したいと思っていた。だが係長は「まあまあ」となだめる顔のまま、姿勢を崩さない。

「向こうから来てるものを、放っておくことは出来んでしょうが。『都民とともに、都民のために』、な」

四日に一度、講堂での朝礼に出る度に、署長か副署長、またはどこかの課の課長の口から、必ず聞かされる言葉だ。阿久津だって、常にそういう意識を持たなければならないことは分かっている。だが、次から次へと問題が持ち込まれ、とてもすべてを処理しきれないのが現状だった。真の意味で「都民のために」動こうと思えば、とてもではないが「都民とともに」同じテンポでなど、動いていられない。

「女だそうです。大方、また、痴話喧嘩《げんか》のはけ口にでもしようっていうんじゃないですかね」

「それなら、いよいよ阿久っちゃんがぴったりじゃないか」

その言葉に、阿久津は口元を歪《ゆが》めて見せた。

「キャップ——」

「冗談。冗談ですって。とにかく、頼むよ」

横目で係長を睨《にら》み、大袈裟にため息をつきながら、結局阿久津は立ち上がるより他になかった。仕事仲間の間で、自分が恐妻家だという評価を受けているのは、十分に承知している。だが、日々の暮らしに波風を立てず、仕事に専念するためには、こちらが折れるしか方法がないではないか。阿久津はただ単に、家に帰ってまでいざこざに巻き込まれるのが面倒なだけだ。

「調べ室、使いますから」

ロッカーから、さっき脱いだばかりのかなり着古した上着を取り出して袖《そで》を通しながら、それだけ言い残すと、阿久津は「よろしく」というキャップの声を背中で聞き、デカ部屋を出た。

警視庁小滝橋警察署は、新宿区と中野区の境界に位置し、管轄《かんかつ》区域としては、高田馬場、百人町、北新宿、東中野、上落合などが含まれる。都心に近い割には生活の匂《にお》いの強い、全体として雑多な地域だ。大きな事件・事故はあまりないが、小さなトラブルは枚挙にいとまがないほどに多発する。阿久津が、その小滝橋署の刑事課に、知能犯捜査係員として来てから、そろそろ一年が過ぎようとしていた。

一階に下りると、受付に聞くまでもなく、待合所と称して長椅子《ながいす》の並んでいる狭いスペースには、一人の女がぽつんと座っていた。普段は、免許証の変更や事故証明の申請、遺失物の届出などにやってくる人で混雑しているスペースも、日曜日の昼下がりともなると、そんなものだった。

女は、長い髪を背中まで垂らして、オフホワイトのコートを羽織り、黒いロングブーツの足を組んでいた。掲示板に貼《は》り出されている指名手配者のポスターか何かを眺めているらしく、わずかに身体を捻《ひね》っていて、阿久津には斜め後ろからの姿しか見ることが出来ないが、組んだ足の上に肘《ひじ》をつき、長い爪《つめ》を濃い赤に染めた指で、細巻きの煙草《たばこ》を挟んでいる姿は、一見して、遊び人の女子大生という感じだ。阿久津は、受付のカウンターに立ち寄り、署を訪ねてくる人には必ず書いてもらうことになっている用紙をのぞき込んだ。山崎元子《やまざきもとこ》。住所は、東中野となっている。それだけ見ると、阿久津は受付の女の子に軽く礼を言い、その女に近づいた。

「ご相談されたいことがある、という方は、お宅様ですか」

女のすぐ傍まで行ってから、低い声で話しかけると、慌《あわ》てて振り返った女は、返事をする代わりに吸いかけの煙草を灰皿に押しつけた。思ったほどの厚化粧というわけでもない。だが、歳《とし》の頃は、二〇代の後半、または三〇過ぎというところだろうか。

少なくとも、女子大生にしては老《ふ》けすぎている。

「山崎、元子さん」

名前を呼ばれて、女は「はい」とはっきりと頷《うなず》いた。緊張もしているのだろうが、それなりに思い詰めた表情であることは確かだ。

「あの――あれこれ悩んで、どうすればいいのか、分からなくて」

「取りあえず、こちらへどうぞ」

それだけ言うと、阿久津は署の奥に向かって歩き始めた。途中で振り返れば、彼女は脇《わき》に置いてあった黒いバッグを持って急いで立ち上がり、ぱたぱたと子どものような足どりで阿久津の後を追ってくる。そのコートの白が、署内の、何となく煤《すす》けて感じられる色彩の中で、いかにも場違いに感じられた。

この建物は、数年前に補修工事が行われたという。だが、中は古臭いままで、全体に薄暗いイメージがある。ことに階段の周辺などは、常に湿っぽい空気が澱《よど》んでいるようで、どんなに天気の良い日でも、ひんやりと淋《さび》しく感じられた。阿久津は、その階段の前を通過して、エレベーターを使うことにした。上の階で止まっていたエレベーターが降りてくるのを待つ間に、さらに相談者を観察する。

一七五センチ程度の阿久津から見て、彼女の目の位置は一五センチか二〇センチ程度下に見えた。かなり、ヒールの高いブーツを履いているから、実際はずいぶん小柄な方かも知れない。どちらかといえば細身で、肌の色は浅黒い。近くに寄ると、微《かす》かに香水の匂いがするが、不快なほどではなかった。

「あの――」

彼女は、落ち着きなく周囲を見回していたが、やがて沈黙が耐えきれないとでもいうように、口を開いた。

「日曜日なのに、お仕事なんですか」

わずかに鼻にかかった感じの、低めの声だ。口調は比較的ゆっくりとしており、その動作とは裏腹に、開き直ったような落ち着きが感じられる。その語尾を上げる口調から、阿久津は彼女が初対面の人間とでも物怖《ものお》じせずに話すことに慣れているらしいのを感じた。

「警察が、土日に休みだったら、困るでしょう」

阿久津の言葉に、丸顔の山崎元子は、細く引いた眉《まゆ》の下の、比較的淡い茶色で縁取られた目を細めた。一瞬、目尻《めじり》に細かい皺《しわ》が寄り、淡いピンク色の口元が、わずかにほころぶ。全体に、若々しいというよりは、どこか幼いような印象を与える顔立ちだったが、その表情には諦《あきら》めとも取れる疲労感が漂って見えた。

ようやく降りてきたエレベーターに乗り込み、三階まで上がる。刑事課と隣り合って並んでいる取調室のひとつに案内すると、山崎元子は、どこか居心地の悪そうな、かしこまった表情で奥の席に腰を下ろした。阿久津は、まず自分の名刺を取り出して、彼女に向かって差し出した。元子は緊張した面もちの中にも、興味深そうな様子を見せ、阿久津の名刺をのぞき込んだ。

「まずですね、お宅様のお名前と、住所、年齢をうかがえますか」

山崎元子は改めて自分の氏名と東中野の住所を告げ、「三二歳です」とつけ加えた。大体、阿久津が思った通りだ。東中野は、この小滝橋署から歩いても、大した距離ではない。

「で、お仕事は」

「クラブで、働いてます」

「ホステスさん」

「ええ、まあ」

元子は、硬い表情のままで小さく頷く。それも、予想した通りだ。だが、好きで水商売の世界にいるわけではない、といったところなのだろうか。一見すると、もう少し開き直ったような、あっけらかんとした雰囲気なのに、服装や全体の雰囲気とは不釣り合いなほどに、彼女は奇妙に生真面目《きまじめ》な表情で俯《うつむ》いている。

「それで、ご相談といいますのは」

相談者の身元が分かったところで、阿久津は切り出した。

「実は、あの――」

山崎元子は、わずかに言いにくそうな表情になったが、すぐに決心したように顔を上げた。

「私、結婚を約束した人がいたんですが」

そうら、おいでなすった。阿久津は、元子から目を離さなかった。男に捨てられて、腹立ち紛れに警察に駆け込む女というのが、たまにいる。軽々しく相槌《あいづち》など打てない場合というものが、少なくないのだ。

「どういう、人ですか」

「最初は、お店のお客さんだったんですけど」

「名前は」

「橋口――橋口雄一郎《ゆういちろう》という人です」

「年齢は?」

「三九歳って言ってましたけど、本当かどうか」

「職業は」

　メモを取りながら、阿久津が質問する間に、元子は膝《ひざ》の上に置いた黒いリュック型のバッグから細長い手帳を取り出した。その手帳の間に挟んであった名刺を取り出して、取調室の机の上に置く。阿久津は、上目遣いに元子の顔を見た後、差し出された名刺に手を伸ばした。

「株式会社コズミック――何の会社ですかね」

「本人は、ゲームソフトを開発する会社だと、言っていましたけど――」

「ゲームソフトっていうと、ファミコンとかの、あのゲームですか」

　橋口雄一郎という人物は、そのコズミックという会社の代表取締役社長という肩書きになっている。

「そうなんですけど、でも――」

　そこで、元子は自らを落ち着かせようとでもするかのように、大きく深呼吸をした。

「彼と連絡が取れなくなってから、私、自分で調べてみたんですけど、その名刺の住所に、コズミックなんていう会社、ないんです。電話番号も、でたらめでした」

「なるほど」

「それから、こういう名刺も渡されていたんですけど」

元子は、二枚目の名刺を取り出した。同じく橋口雄一郎の名が刷られているが、今度は有名私立大学の文学部非常勤講師という肩書きになっている。こちらの方には、大学の住所と電話番号の隣に、自宅の住所と電話番号までが入っていた。

「大学にも問い合わせたんですが、文学部だけじゃなくて、どこの学部にも、橋口雄一郎なんていう非常勤講師はいないと言われました。そこに刷り込まれていた自宅の住所には、どこかの会社の寮が建っていて、電話番号は『現在使われておりません』っていうテープが流れるし――全部、嘘《うそ》だったんです」

「じゃあ、あなたは、普段の連絡は、どうしていたんです」

「とにかく忙しく動き回っているから、用があるときはポケットベルを鳴らすように、言われていました。それに、まめに連絡を寄越す人でしたから、私から電話することは、ほとんどありませんでした」

「その、ポケベルは、どうなってます？」

「――最初のうちは、いくら鳴らしても音沙汰《おとさた》がなくて、そのうち、解約されていました」

その話が本当だとすると、単純な痴話喧嘩よりは、多少手が込んでいるということになる。それでも阿久津は、目の前の相談者の話を鵜呑《うの》みにしないように、これから聞くことになるだろう話も、なるべく割り引いて受け止めようと決めていた。

「どうして連絡が取れなくなったんですかね。喧嘩でも、したんですか」

「喧嘩というほどのものでは――ただ」

「ただ、何です？」

「いつまでたっても、式の日取りを決めてくれないものですから、私が、そのことで責めたら――急に、連絡がなくなって」

「連絡が、なくなった――出張か何かじゃあ、ないんですかね」

阿久津が言うと、元子はきっと睨みつけるような表情になって「どこへですか」と言った。

「どこって、まあ」

「会社も嘘、大学の講師も嘘なんですよ。私には、いつだって、こっちから聞きもしないのに、仕事の話ばっかりしていたのに、全部、作り話だったっていうことなんですよっ。普通、結婚しようと思う相手に、そんな嘘をつくと思います？　いくら、いい格好をしたいと思ったとしたって、こんな、嘘っぱちの名刺まで作っておくなんて、どう考えたって、おかしいじゃありませんかっ」

元子は、机の上の名刺を自分の手に取り、めんこか何かのように叩《たた》きつけた。

「落ち着いてください。それだけじゃあ、警察の出る幕は、ないんです。あなた、山崎さん、その橋口という男から、精神的なことだけじゃなく、もっと具体的に、何か被害に遭っているようなことは、ないんですか」

「あるから、来たんです」

元子の瞳《ひとみ》は、既に怒りで潤《うる》んでいる。

「それは、どういったことですか」

「お金を——お金を渡しています」

「いくらくらいですか」

「全部で、五八〇万くらい」

「いっぺんに、ですか？」

「何度にも、分けてです」

「どうして、また」

「だって、彼が仕事で困っていると言ったから」

表情が動けば動くほど、化粧の向こうに三十路《みそじ》を超えた女の素顔がのぞいてくる。本当は、阿久津だって分かっているのだ。自分が受けた心の傷、屈辱を、わざわざ赤の他人に話さなければならないということが、女性にとって、どれほどの苦痛か、勇気と決断のいることか。

「相手が仕事で困っていたら、あなたが払うんですか」

「だって！」

元子は、さらに頬を紅潮させ、唇さえ震わせそうな気配になってきた。だが阿久津は、極めて冷静な表情のままで、「だって、何です」と言った。

「私は彼と結婚するつもりだったし、ここを乗り切ることが出来れば、あとは、彼の仕事は順調に運ぶはずだって聞いてたし――」

「それで？」

「もうひと頑張りなんだって、言われてたんです。それで、仕事の目処《めど》さえついたら、すぐにでも式を挙げようって言われてました。式場だって、新しく住む場所だって、一緒に探してたんです。マンションのモデルルームだって、ずいぶん見て歩いたんですから」

「ほう、モデルルームね」

「新婚旅行にはどこへ行こうかって、旅行社のパンフレットを持ってきたり、それこそ、女性雑誌の結婚特集号みたいなものを持ってきたことだって、ありました」

「それなのに、相手は消えてしまった、と。本当に、連絡はつかないんですか？　今は、居所も分からない？　いつからです」

山崎元子は、その男からは昨年の暮れ以来、何の音沙汰もなく、居場所も摑《つか》めないままだと言った。そして、真剣に捜し始めた段階で初めて、自分がいかに橋口のことを知らなかったかということを思い知ったのだと。

「おかしいと思うでしょう？　変じゃないですか！」

「そう、ねえ——おかしいと言えば、おかしいですが。それだけの金を渡す段階で、山崎さんの方では、おかしいとは思わなかったんですか？」

山崎元子は一瞬口を噤《つぐ》み、やがて、低く押し殺した声で「思いませんでした」と答えた。

「信じていましたから——あの人——橋口はいつだって、結婚したら、すぐに子どもを作ろうとか、家の間取りは私に任せるけれど、自分の書斎だけは、少し広めにとって欲しいとか、そんなことばかり言ってましたし——それに、私の田舎にも、一度挨《あい》拶《さつ》に来てくれたんです。両親だって、すごく喜んでくれて」

そんな話までされていれば、確かに信じてしまうものかも知れない。阿久津は、元子に対して、橋口の顔写真は持っているかと尋ねた。元子は思い出したように、再び手帳を開いて、一枚のスナップ写真を取り出した。大きな池か湖のほとりで、一組の男女が晴れやかな笑顔を見せている。二人の服装や周囲の景色からして、季節は秋だろう。女の方は、目の前にいる山崎元子に違いなかった。彼女は、隣に立つ長身の男の腕を取り、この上もなく嬉《うれ》しそうな顔をしている。

「この男ですか。これ、いつです」

「去年の秋、橋口が、私の田舎に来てくれたときに、途中で猪苗代《いなわしろ》湖に寄って——そこで写したんです」

なるほど、会社経営の傍ら、大学で教鞭《きょうべん》をとっていると言われれば、そう見えなくもない風貌《ふうぼう》の男だった。目立つほどではないにしても、それなりに整った顔立ちで、黒々とした豊かな髪はわずかに額にかかっており、メタルフレームの眼鏡の奥の目は穏やかに笑っている。紺色のジャケットにグレーのスラックス、ネクタイを締めていない代わりに、ワイシャツの襟元からは、オレンジ色っぽいスカーフがのぞいていた。

「ねえ、私、必死で貯《た》めたお金なんです。東京に出てきて、途中で色んなことはあったけど、とにかく一生懸命に働いて貯めたお金だったんですから。ほら、証拠もあります、通帳も、皆、持ってきましたから！」

元子は、今度は銀行の通帳を二、三冊と、振込通知書などを取り出した。確かに、昨年の夏頃から、元子の預金通帳は定期預金の解約、多額の振込が相次いでいる。振込先も間違いなく、ハシグチユウイチロウとなっていた。

問題は、これからだ。

刑法二四六条　人ヲ欺罔シテ財物ヲ騙取シタル者ハ十年以下ノ懲役ニ処ス

欺罔《ぎもう》とは、相手方を錯誤に陥らせることをいう。つまり、言葉でも動作でも良いから、最初から財産なり金銭なりを奪い取る目的で、相手をだますということだ。その証明がなされなければ、詐欺《さぎ》罪は成立しない。実は、金銭の授受の証拠などよりも、その「欺罔」の証拠を摑むことが、困難なのだった。

さらに、今回のように、男女の関係でこういったトラブルが発生する場合には、「だまされた」と騒ぐ方と「だましてなどいない」と言う方とで、必ず言い分が食い違ってくる。結婚するつもりで交際していたが、途中で気持ちが変わってしまった、だまし取ったのではなく、ただ借りただけだと主張されれば、それまでだ。そして、大抵の男が――実際には、自分に思いを寄せる余り、盲目的になってしまっている女を手玉に取り、金品をだまし取ったのだとしても――そういうことを言う。だが、ここまで聞いた限りでは、これは、限りなくプロの仕業に近いという気がした。

「刑事さん、で、いいんですよね」

「ああ、どうぞ」

「お願いします、橋口を捕まえてくださいっ。私、このまま泣き寝入りなんか、したくないんですっ」

狭い取調室に、元子の声が響いた。阿久津は小さくため息をつき、思い出したように立ち上がった。

「お茶で、いいですか。コーヒーもありますが」

阿久津は、机の前から離れ、取調室のドアに手を伸ばしながら、顔を紅潮させている元子を振り返った。彼女は、身も世もないといった表情のまま「じゃあ、コーヒーを」と呟《つぶや》いた。

4

刑事部屋に戻ると、一時間ほどの間に、数人の仲間が戻ってきていた。彼らのうちの誰か一人でも、もう少し早く戻っていてくれれば良かったのにと思いながら、阿久津は整然と並んでいる机の間を通り抜け、さっきとほとんど変わらない姿勢で何かを読んでいる係長の机に向かった。

「キャップ」

阿久津に呼ばれて顔を上げた係長は、すぐに自分も立ち上がり、阿久津の腕を押すようにしながら、窓側に身体《からだ》を寄せる。何よりも保秘を心掛けなければならない知能犯捜査係は、どのような場合でも、情報が他者に洩《も》れないように気を配る習慣が身についている。

「三一歳のホステスなんですがね」

阿久津は、係長と並んで窓側に立つと、小声で話し始めた。

「被害金額は五、六〇〇万ていうところらしいんですが、話を聞いた限りだと、相当に手が込んでることは確かですね」

「結婚詐欺《さぎ》かい」

阿久津は小さく頷《うなず》き、習慣的に周囲を見回す。

「何しろ、相手の勤務先から住所、電話番号まで、すべて嘘《うそ》だっていうんですから。プロかも知れません。女の方は、相手の言葉を鵜呑《うの》みにして、すぐにでも結婚できるものと信じ切ってたようです」

「被害届を出させるか」

つまり、犯罪として認めるということだ。詐欺は、いわゆる親告罪とは異なる。つまり、たとえば強姦《ごうかん》や侮辱の罪など、被害者が告訴しなければ、訴追することが出来ない犯罪というわけではない。だが、通常の場合は告訴しないまでも被害届が出されていないものに関しては、警察は容易には動かない。

「出させても、大丈夫だと思いますがね」

「どうして、告訴状にしなかったのかね」

係長の言葉も一理ある。このような詐欺に遭った場合、大概の被害者はまず弁護士のもとを訪れ、あれこれと相談するものだ。そして、弁護士が犯罪であると判断したら、警察に対しては、弁護士が被害者の代理人として作成した告訴状を提出するという形をとる。

少なくとも、一人で警察を訪ねるよりは、まずは弁護士に相談をする方が頼もしく、気が楽だし、嫌な思いもせずに済むはずだ。事実、そういう形式で警察に告訴状を提出する場合の方が、ずっと多い。

「そのあたりのことを、もう少し聞いてから、被害届を書かせますか」

係長は頷く代わりに、阿久津の肩をぽんぽん、と叩《たた》いた。阿久津は、太い眉毛《まゆげ》をわずかに上下させるだけで、係長に応《こた》えた。せっかく選挙がらみの贈収賄《ぞうしゅうわい》を調べようという矢先だったのに、とんだ道草を食うことになったが、まあ、それが最前線にいる自分たちの日々だということだ。それに、選挙はまだまだ先の話だ。焦《あせ》ることもない。

二人分のコーヒーを運んで取調室に戻ると、山崎元子は自分の長い髪をつまみ上げて、その毛先を小首を傾《かし》げて見つめていた。大方、枝毛でも探していたのだろう、阿久津に気づくと、慌《あわ》てて姿勢をただす。そういう仕草からは、さっきの話の深刻さは伝わってはこなかった。

「山崎さん、今日、もう少し時間ありますか」

再び向かい合って腰掛けながら、阿久津はコーヒーを差し出されて軽く会釈《えしやく》をしている山崎元子に言った。彼女は、怪訝《けげん》そうな表情になり、曖昧《あいまい》に顔を傾けた。

「時間があるんでしたら、被害届を出していただけないですかね」

「被害届、ですか」

阿久津はコーヒーをすすり、ひとつ息を吐き出してから、改めて山崎元子を見た。

「これまで聞いた話をまとめるとですね、あなたは、橋口雄一郎と名乗る男と知り合って、結婚の約束をしたが、その男が仕事で必要だからということで、何度かに分けて、現金五八〇万円を渡した。ところが、男がいつまでも式の日取りを決めてくれないので、相手を責めたところ、突如、男は行方をくらましてしまったと、そういうことでしたね」

元子は「はい」とはっきりと頷いた。

「それで、相手を捕まえて、処罰して欲しいと」

「そうです。罰して下さい」

きっぱり言った後で、元子は遠慮がちにプラスチック製のホルダーに紙コップをはめただけのカップに手を伸ばし、そっとコーヒーをすすった。

「ところで、弁護士には、相談しましたか」

阿久津が質問すると、元子はコーヒーカップを宙に浮かせたまま、一瞬戸惑った表情を見せたが、「やっぱり弁護士さんが必要なんですか」と聞き返してきた。

「いや、そういうわけでもないですが。普通、こういうトラブルに巻き込まれたら、警察に駆け込むよりも、弁護士に相談しようとは、思いませんかね」

元子は、わずかに唇を尖《とが》らせていたが、弁護士に相談するには金がかかるから、と言った。

「それに、知ってる弁護士さんっていったら、皆、お店のお客様だし。こんな話、格好悪くて、あまり人に言いたくないじゃないですか」

「じゃあ、このことは他に誰も知らないんですか」

「一人だけ、相談した人がいますけど。その人が、警察に行った方がいいって、言ってくれたんです。これは、絶対に詐欺に違いないから、警察に頼んで、捕まえてもらった方がいいって」

その相談した相手とは、以前に勤めていた店で一緒だったホステス仲間だという話だった。今は結婚して、夫とスナックを経営しているという友人には、今度の話は一部始終聞かせてあるという。阿久津は、その友人の名前をメモに記しながら、山崎元子の話を信用して、まず構わないだろうと判断した。

「被害届を出しておけば、あの男を捕まえてもらえるんですか」

「そうすぐに捕まえられるかどうかは分かりませんが、取りあえず事件として取り扱う、ということです。あなたもさっき仰《おつしや》ったけど、これは、いわゆる詐欺事件です。この手の事件の場合は、一応ね、被害に遭った人が訴え出ないと、こちらとしては動きにくいんですわ」

さらに、はっきりと事件化した場合には、これからも頻繁に事情を聞く可能性がある、かなり立ち入ったことを話してもらわなければならないが、それでも良いかと尋ねると、元子は腹を決めた様子で頷いた。そこで、阿久津は規定の用紙を用意した。

「今日は、仕事は休みなんですか」

様式第　号

被害届

次のとおり　詐欺　被害がありましたからお届けします。

平成　○年　三月　三日

届出人住居　東京都中野区東中野○丁目○番○号メゾン秀二〇二号室

氏　名　山崎元子　㊞

（電話　○○○○　局　××××　番）

警視庁　小滝橋警察署長殿

被害者の住居 職業、氏名、年齢	東京都中野区東中野○丁目○番○号メゾン秀二〇二号室、接客業、山崎元子、三一歳
被害の年月日時	平成○年○月○日頃から平成○年×月×日頃まで、合計十数回にわたり
被害の場所	被害者の住居など
被害の模様	私は、ゲームソフト会社を経営する傍ら、○○大学で非常勤講師をつとめている橋口雄一郎から、交際を始めて間もなく結婚を申し込まれました。優しく紳士的で、社会的地位も教養もある彼と結婚すれば、温かく平和な家庭が築けるに違いないと考え、私は喜んで承諾しました。平成○年○月、橋口は翌日までに一五〇万円を銀行に入れなければ、手形が落ちないと言いました。会社が倒産しては大変だし、私との結婚に影響するのは困るので、私が一五〇万円を用立てました。その後も様々な名目で十数回にわたり、合計五八〇万円の金を出しました。その後、私が結婚式の日取りを決めて欲しいと責めたところ、突然、橋口からの連絡が途絶えてしまいました。調べてみると、名刺の会社は存在せず、また、○○大学にも橋口などという非常勤講師はいなく、自宅の住所も嘘だと分かりました。ポケットベルも既に解約されており、橋口の所在はまったく分からなくなり、そこでようやくだまされたと悟った次第です。私は、橋口と名乗る男を捕まえ、処罰していただきたいと考えております。詳しいことは、供述調書で申し上げます。

注　意

(1) 届出人と被害者が異なるときは、届出人と被害者との関係及び本人届出の理由を参考事項欄に記入すること。

(2) 届出人の依頼によって警察官が代書したときは、末尾空欄に「右本人の依頼により代書した。所属、官職、氏名」を記載し押印すること。

届出受理者	
氏名	係
阿久津洋平	刑事課知能犯捜査係

届出受理時間	3月3日午後2時40分

被害金品	
品名	現金 五八〇万円
数量	
時価	
特徴	
所有者	

犯人の住居、氏名又は通称、人相、着衣、特徴等	自称　橋口雄一郎　三九歳位、身長一七六センチ位、中肉、面長で眼鏡
参考事項（遺留品、その他参考となるべき事項）	一　橋口雄一郎から渡された名刺がありますので、任意提出いたします。 二　私は、橋口雄一郎から婚約指輪を贈られておりますが、模造ダイヤの偽物でした。

右本人の依頼により代書した。

警視庁小滝橋警察署

司法警察員　阿久津洋平　㊞

「日曜は、暇ですから」

「店って、新宿のどの辺り」

「嫌だわ、お店には来ないでくださいね。私、どんな顔をしたらいいか分からなくなっちゃうから」

数時間の間に、少しは雑談も交わすようになった山崎元子を署の入口まで送って、刑事部屋に戻ったときには、既に午後三時になろうとしていた。阿久津は、作成したばかりの被害届を係長に提出し、ようやく自分の席に戻った。

「何だったんだい」

隣の席の同僚が、わずかに身体を傾けてきて阿久津の顔をのぞき込む。

「ゴンベンの、相談だよ。被害届、出させた」

ゴンベンというのは、詐欺の隠語だ。文字の一部分を取った呼び方だが、他にも、阿久津たちは汚職をサンズイ、窃盗をウカンムリと呼んだりする。

「阿久っちゃんが席を外してる間にも、また新しい相談の電話が一本入ったよ」

「次から次へと、まあキリがねえわな」

「有りがたいねえ、商売繁盛《はんじょう》」

同僚はわずかに肩をすくめながら、苦笑している。

実際、どうしてと思うほど、巷《ちまた》には小悪党が溢《あふ》れかえり、トラブルが転がっている。ことに、バブル経済といわれた好景気が弾《はじ》けて以降は、当時、熱に浮かされたように泡銭《あぶくぜに》を追いかけ回していた連中が、置き土産として残していったツケや様々なひずみが、国の中枢《ちゅうすう》のみならず、街の片隅にまで生まれていた。

阿久津の所属する知能犯捜査係とは、その名称の通り、刑事事件の中でも、特に選挙違反や汚職、詐欺、背任、横領、不動産侵略及び境界毀《き》損《そん》に関する犯罪や、企業がらみの知能犯罪などを捜査する部署だ。要するに、金銭がらみの犯罪で、単純に「スリ」「窃盗」などと言われるもの以外の、悪知恵を働かせ、あれこれと策を弄《ろう》して利益を得ようとする犯罪のすべてといっても良いかも知れない。上部機関としては警視庁刑事部捜査二課があり、大がかりな犯罪の捜査には、二課の捜査員が投入されるが、被害額が少額であったり、犯行の手段・方法が比較的単純で、解明が容易なものについては、所轄《しょかつ》署の刑事課知能犯捜査係が扱うことになる。

そういう知能犯罪は、大抵の場合、被害者か、利益にありつけなかった者、反対勢力からもたらされる情報によって発覚する。どの犯罪の場合も、からくりを暴《あば》き、証拠を摑《つか》むまでには時間がかかり、また、少しでも警察が動いていることを察知されては、証拠資料を抹消される可能性が高いだけに、細心の注意を要する。それだけに、阿久津たちは強行犯、盗犯、暴力団などと捜査部門の分かれている刑事の中でもことに口が堅く、身辺には気を配っている。自分たちの不用心なひと言が、人づてに伝わったり、マスコミに洩《も》れることで、こつこつと積み重ねてきた捜査が無駄になることもあるし、被害者の人権にも関わってきたりするからだ。

「取りあえず、被害状況の確認からだな。いつから動ける？」

「キャップ、結婚詐欺《さぎ》って、まだ扱ったことがないんですが」

被害届に目を通し終えた係長に呼ばれると、普段から猫背気味の阿久津は、さらに背中を丸め、係長に顔を近づけて言った。被害届を受理したのが阿久津なのだから、阿久津が捜査を担当することになるのは分かっている。

「ほう、初めてかい」

係長は、心なしか愉快そうに目を細め、それならば良い経験になるではないかと答えた。

「なに、他の詐欺と変わりゃあしないさ」

阿久津は、曖昧に頷《うなず》きながら、本音をいえば、それほど経験を積みたいなどと考えてはいないと思っていた。来る日も来る日も、こうも次々に新しい問題に翻弄《ほんろう》される日々を送っていれば、新鮮な好奇心など薄れていくに決まっている。

「で、いつから動ける」

「明日は駄目ですから——明後日《あさって》から、ですか」

「明日、何があるんだい」

「午前中は、ちょっと行くところがありまして、午後からは、目を通しておきたい資料がありますし——」

係長の眼鏡の奥の目が、わずかに苛立《いらだ》ちを含んだのを感じて、阿久津は「まあ、急ぐものでもないんですが」とつけ加えた。

「じゃあ、明日からでも、ぼつぼつ動けるわけだな」

「——はあ」

「頼んますよ、阿久っちゃん」

結局、そう言い渡されて、阿久津は自分のデスクに戻った。

「姿勢が悪いな。尻《しり》が重くちゃあ、刑事はつとまらんぞっ」

背後から、刑事課長代理の声が飛んできた。阿久津は急いで背筋を伸ばしながら振り返り、ひょっこりと頭を下げた。課長代理の席にまで、キャップとの会話が聞こえたとは思えないが、何かというと大声を轟《とどろ》かせる課長代理は、阿久津がもっとも苦手としている存在だ。

「動き始めるのが五分遅れたら解決は一〇日遅れると思えよ！」

「へいへい、働きますよ」

小声で呟《つぶや》くと、さっきから何かの書類を書いていた向かいの席の後輩が、意味あり気な笑みを浮かべながら、ちらりとこちらを見ている。阿久津は、開きかけていたファイルを、わざと大きな音を立てて閉じて、立ち上がった。

「例の、小坂の件で出てきますわ。日曜じゃないと、つかまらない相手なんで」

「ああ、そうだったな。頼んます」

心なしか、愉快そうに見える係長に軽く会釈《えしやく》をして、阿久津はロッカーからやっと今年になって買い換えたコートを取り出し、さっさと刑事部屋を後にした。本当は、夕方以降でなければつかまらない相手なのだが、六時頃までパチンコでもしながら時間を潰《つぶ》して、それから会いに行こうと思った。

その日、阿久津が自宅に戻ったのは、午後八時を回った頃だった。結局、目指す相手には会うことが出来ず、いったん署に戻ってその報告をし、日報を書き終えてから、帰路についたのだ。

「今日は早いって、言ってなかった？」

民間のマンションを借り受けている官舎に帰るなり、慶子《けいこ》が膨れっ面《つら》で言った。

「早いだろう？　まだ八時過ぎじゃないか」

靴を脱ぎながら、阿久津は低い声で答えた。

「定時で上がれるはずだって、言ってたじゃない」

普通ならば、一五、六万は家賃がかかるだろうと思われるマンションは、壁も天井もすべてが白くて、必要以上に明るく感じられる。その、奇妙に乾いた明るさが、阿久津にはどうも馴染《なじ》めなかった。だが、慶子はこの住まいを気に入っている。所々に小さな額縁やドライフラワーなどを飾って、雑誌から抜け出してきたままの部屋のようにしたいらしい。

「直斗《なおと》だって楽しみにしてたのよ。ひな祭りだから、ちらし寿司《ずし》を作って、皆で食べようって」

そういえば今朝出がけに、今日はひな祭りだからと言われたことを思い出した。

「いいじゃないか、うちに女の子はいないんだから」

「悪かったわね、これでも私は女ですから」

「なにを――」

「今さらって言うの？　そういう問題じゃないんだったら。それに、直斗の学校のお友達は皆、ひな祭りパーティーをしてるんだからね」

「男の子もか」

「直斗だって、昼間はクラスの女の子の家に呼ばれて、行ってきたのよ。夜は、家族でご馳走《ちそう》を食べるって、皆から聞いてきたらしいわ」

「だから、こうして早く――」

「どこが早いの？　もうすぐ八時半よ。これから夕御飯なんか食べてたら、一〇時近くになっちゃうじゃない」

結局、阿久津はそこで口を噤《つぐ》み、スリッパを引っかけると、短い廊下を通ってリビングに向かった。今度の春で小学四年生になる一人息子が、黙々とテレビの画面に向かってゲームをしている。息子は、阿久津が入ってきた気配に気づいてか気づかないでか、振り返りもしなかった。テーブルの上は、すっかり片づいていて、阿久津の箸《はし》だけが、ぽつりと残されている。

「もう、待ちきれないから食べちゃったわ」

背後をせわしないスリッパの音が通過して、やがて台所から水を流す音が聞こえてきた。出来ない約束なんか、最初からしなければいいのよ、そうすれば、こっちだって期待したりしないんだから。水の音と一緒に、ぶつぶつと文句が聞こえてくる。阿久津は、ちらりと振り返って流しに向かう女房の姿を見、それから直斗に近づいた。

「よう」と言いながら、まだまだ小さな頭に手を置くと「やめてよ」という声が返ってくる。

「悪かったな、待ってたんだって？」

「べつに。邪魔しないでってば」

「そう言うなよ」

「放せってば」

ゲームの画面から目を離さずに、頭だけ振り続ける息子を、なおもからかおうとしていると、台所から慶子の声が響いてきた。

「ほら、直斗、八時までっていう約束だったでしょう、お風呂《ふろ》入っちゃいなさい！」

「――――」

「直斗！ 聞いてるのっ」

「――はあい」

阿久津は、力なく返事をして、やがて膨れ面でこちらを見上げてくる直斗に向かって、思わず機嫌を取るような笑みを浮かべた。

「一緒に、入ろうか」

「べつに。いいけど」

直斗は、渋々といった表情で答える。阿久津は、内心でほっとしながら、風呂の中で、この倅《せがれ》の機嫌を取ろうと考えていた。どうやらそれが、今日最後の仕事だった。

5

窓の外には、きらめくばかりの街の夜景が広がっていた。三月も十日ほど過ぎて、例年ならば夜風に乗って、沈丁花《じんちょうげ》の甘い匂《にお》いでも漂ってきて良さそうな晩だ。だが、少しでも窓を開ければ、相変わらず震え上がりそうな冷たい風が吹き込んできた。

「駄目だな、こう寒くちゃ」

急いで窓を閉め、苦笑混じりに呟《つぶや》きながら隣を振り返ると、そこに曽田理恵のぎこちない笑顔がある。

「もう少し暖かくなってから、来れば良かったね」

橋口は、さっきから黙りこくっている理恵の方に向き直って言った。薄暗がりの中で、彼女は微《かす》かに首を振る。その、ハイネックセーターの襟元には、小さなダイヤモンドのプチネックレスが、ささやかな輝きを放っていた。ついさっき、夕食の席で橋口が贈ったものだ。

「でも、どうしても、この夜景を君に見せたかったんだ」

「――本当に、綺麗《きれい》。宝石箱みたいだわ」

理恵はため息をつくように、かすれ気味の声で囁《ささや》いた。

「よかった、君に喜んでもらえて」

橋口が彼女に向かって笑いかけたとき、胸のポケットで携帯電話が鳴った。

「一〇時になりましたので、ご連絡いたします」

契約しているセクレタリー・サービスの声だ。橋口は鷹揚《おうよう》な口調で「ああ、君か」と答えた。

「ごくろうさん」

「明日は、いかがなさいますか」

「まだ予定が立ってないんだ。明日の朝、こっちから連絡を入れるよ」

「では、午前九時のご連絡は」

「明日は、いい」

「承知いたしました。では、ご連絡をお待ちしております」

それだけ言うと、二四時間で契約しているサービス会社の女性は、いつもと変わらない馬鹿《ばか》丁寧な口調で「おやすみなさいませ」と言い、電話を切った。だが、とうに切れている電話に向かって、橋口はなおもしばらくの間、話し続けた。

「分かってる、大丈夫だ」

「それは、浅田くんに任せてあるはずだろう？」

「駄目駄目、そんなことじゃ足元を見られるばっかりだ。こっちの主張は、きちんと通せって、言ってくれ」

「ああ、ああ。あとは明日、聞くよ。僕？　午前中には一度顔を出すから。ええ、だって、明日は講義があるんでね。ああ――」

ひとり芝居をしている間に、今度はポケットベルが鳴った。これは、予定外のことだ。橋口は「今夜はこれで。ごくろうさん」と言って電話を切り、今度はポケットベルに手をやった。

「お忙しいんですね」

隣から、遠慮がちな声がする。橋口は、ポケベルをのぞき込みながら「すぐ、済むよ」と答えた。

「あの、講義って――」

ポケベルの液晶のディスプレイに示された数字は、『まき』の電話番号だった。週末に逢《あ》ったばかりだし、逢わない日でも、毎日必ずこちらから電話しているというのに、それでも登与子は毎日のようにポケベルを鳴らす。

「言ってなかったかな。僕ね、週に一、二度、大学で講義を受け持ってるんだ」

「大学で？」

曽田理恵は、きょとんとした顔でこちらを見ている。橋口は、胸のポケットから名刺入れを取り出すと、既に手渡してあるものとは別の肩書きが刷られた名刺を一枚抜き取った。それを理恵に差し出しながら、登与子からの呼び出しに応じるか、それとも無視しようかと考える。

「橋口さんて、大学の先生も、やってらっしゃるんですか――すごいわ」

「そんな、大げさなことでも、ないけどね」

現段階では、相手に少しでも不安を抱かせてはならない。まだまだ、仕事は始まったばかりだ。今は、身も心も、すべてを解きほぐさせ、橋口の語って聞かせる夢物語に酔いしれさせることが大切だった。

「悪いね、仕事の電話を一本かけるよ」

まだ名刺を見つめたままの理恵に、笑顔で言いながら、橋口は『まき』の番号を携帯電話にプッシュした。

「ああ、橋口ですが」

微かなノイズと共に耳に伝わってきた登与子の声は、奇妙に不安定に、憂《うれ》いを含んで聞こえた。

「ねえ——今、どこにいらっしゃるの？　お忙しい？」

「いや——どうか、しましたか。この時間は、まだお忙しいのかと思ってましたが」

「それが、今夜は何だか暇なものだから。私も、何だか身体《からだ》がだるくて——」

「そりゃあ、よくないな。何か、トラブルですか」

「そんなこと、ないわ。ただねえ——あなたは、どうしていらっしゃるかと思って」

普段は張りがある登与子の声は、橋口と二人きりになったときには、鼻にかかった、甘ったるいものになる。今、聞こえている声も、同様のものだった。

「ねえ、逢えない？」

「今夜は、ちょっと難しいな。今、東京から離れてるものですから」

答えながらちらりと隣を見れば、曽田理恵が遠慮がちな、淋《さび》しげな顔を俯《うつむ》かせて、橋口が手渡したばかりの名刺を弄《もてあそ》んでいる。

「あら、地方に行くなんて、聞いてなかったわ」

「そんなに遠くまで来てるっていうわけじゃないんですが」

「——傍に、どなたかいらっしゃるの」

「もちろんです」

「悔しい——女の人？」

「どちらかといえば、そういうことになりますか」

「どちらかといえばって？」

「だから、どっちでも同じことだっていうことです。僕にとってはね」

受話器を通して、登与子の含み笑いが聞こえてきた。

「本当かしら」

「それは、信じていただくより他はないですね。僕は、信用だけで、ここまできた男ですから。それより、トラブルの方は」

「平気——急に、生活が変わっちゃったから、身体のリズムが狂ったのよ——誰かさんのせいで」

「それは、申し訳ないことをしました」

「意地悪。ねえ——」

「この埋め合わせは、きちんとさせていただきますから。ちょっと、大切な人を待たせてるものですから。明日また、ご連絡しますよ」

ようやく電話を切ると、橋口は思わず深呼吸をして、改めて曽田理恵に向かって笑いかけた。

「便利なようで、不便な代物《しろもの》が増えたな。どこまで行っても、こうして仕事が追いかけてくる」

理恵は、不安そうな表情で、「大丈夫なんですか」と言った。

「橋口さん、いつもお忙しいみたいなのに、私なんかのために、こんなに時間を割いてくださって」

橋口は声を出して笑いながら、もちろんだと答えた。いくら多忙でも、自分には自分なりの優先順位がある。第一、この年齢になるまで、仕事のためだけに生きてきたのだから、このあたりで、少しは自分の時間を持っても罰は当たらないはずだと言うと、彼女はこっくりと頷《うなず》いた。

「仕事だって、結局は自分のためにしてきたことだがね。そう考えてみると、僕は本当に、誰かのために自分の時間を使ってきたことなんかないんじゃないかっていう気がするんだな。この頃無性に、誰かのために生きたい、共に歩んでくれる人と、すべてを分かち合いたいと、そう思うようになってきた」

理恵の、ぎこちない微笑《ほほえ》みが返ってくる。かなり緊張している様子だ。橋口は、理恵の方に向き直った。彼女の、さして大きくもない、わずかに下がり気味の瞳《ひとみ》が輝いている。

「何だか不思議だな」

「——何が？」

「ずっと昔から、君を知ってるような気がする」

「——」

「こうして一緒にいるのが、当たり前みたいな感じがするんだ」

「——」

ぴたりと窓を閉め、エアコンを利《き》かせて、車内には小さな音量でヴィヴァルディを流している。昨年、買い換えたばかりの車は、シートは本革張り、パネル部分は木製で、重厚で落ち着いた空間を生み出している。標準装備のＣＤプレーヤーは六連奏のもので、好みのものをセットしておけば、果てしなく雰囲気を盛り上げてくれる。橋口は、心持ち上を向き、目をつぶって、ため息をついた。

「それなのに、やっぱり当たり前じゃないとも、思う」

「——当たり前じゃ、ない？」

「ああ、当たり前じゃない。今の僕は、これまでの当たり前の僕じゃない。絶対に」

そこで、橋口は目を開け、正面から理恵を見つめた。

「いつもと同じように動いてるのに、何だか違う感じがする。見るものも聞くものも、感じるものも、それまでと何だか違う」

「――」

「秘書からも、言われたよ――ああ、今、電話を寄越した男だがね、『最近の社長は、何だかすごく楽しそうですね』って」

「ああ、それ、私も言われたんです。何かいいことでも、あったんじゃないのかって。主任なんて、私が元気だと機嫌が悪くなる人だから、何だかぴりぴりしちゃって」

理恵は微かに微笑んだ。

「お客様にお品物を選ぶときでも、前よりも優しい気持ちになれるっていうか――私がその方の恋人だったら、とか、奥様だったらって、そう考えるようになって」

職場の制服も、そう似合うとは思えないが、私服になっても、理恵は実に地味で野暮ったい印象を与える娘だった。先週、初めて外で待ち合わせをしたときに、そんな彼女を一目見て、橋口は理恵が堅実な生活を送っていることを直感した。その後の会話で、彼女が品川区の西五反田で一人暮らしをしていること、故郷は茨城で、高校卒業と同時に上京し、服飾関係の専門学校に二年間通った後で、現在の職場に就職したことなどを聞き出した。

「そうすると、以前にお薦めしていたお品とは、ちょっと違った雰囲気のものを選ぶようになるんですよね。前は、本当に無難な、当たり前のものしか、お薦めしなかったのに」

「そういうところが、君の優しいところなんだな」

橋口の言葉に、理恵は恥ずかしげにかぶりを振り、そんなことはないと言った。

「だって、そんな気持ちになったのは、本当に最近のことですもの。あんなに大嫌いな主任に、だんだん似てきてるような気さえ、してたし――」

「正直な人だ。だけど、心配はいらないよ。君は絶対に、その主任みたいにはならないさ」

今日、待ち合わせの場所に現れた理恵は、橋口のこのナイトファイア・レッドと名づけられている赤いローバーを見て、目を丸くしたものだ。そして、ひどくかしこまった表情で助手席におさまった。橋口は彼女を乗せて都心を離れ、郊外の民芸調の和食の店に行った。何度も使っている店だから、店員は橋口をよく覚えていて、「これは橋口様」と、実に愛想の良い笑顔で迎えてくれた。

「ときどき、接待で使うんだ。特に海外からのお客様は、こういう雰囲気を喜ぶもんでね」

田舎風の造りの店内は広々としており、店の中央には大きな炉が切られている。天井は張られておらず、太い梁《はり》が縦横に通っているだけで、見上げれば、かなり上方に、茅葺《かやぶ》きの屋根がそのまま見えた。個室も用意はされているが、土間になっている広間も、それぞれのプライバシーが十分に保たれるほどに各客席が離れており、いずれも遠くからやってきたらしく見える客たちの話し声は、広々とした空間に溶けて、まったく聞こえてはこなかった。

「東京に、こんなお店があるんですか」

珍しそうに周囲を見回している理恵に、橋口は自分は和食、特に家庭料理が好きなのだと言った。

「パーティーが続いたりすると、毎晩のように洋食になることもあるだろう？　歳《とし》のせいか、そうそう毎日、バターたっぷりの肉料理ばかり食べたくないものだから、勝手かと思ったけど、今日は和食にさせてもらった」

「私も、和食の方が好きですから」

理恵は嬉《うれ》しそうにそう答えた。橋口は、安心したよ、と微笑み、それから自分の仕事の話、知り合いの政治家や、テレビでよく見かける評論家などの話を聞かせた。ときにはくすくすと笑い、ときには目を丸くして、理恵は懸命に橋口の話を聞いていた。

「何だか、聞けば聞くほど、別世界の話みたい」

「そんなこと、ないさ。僕は、君と同じ世界にいる。そして、こうして一緒に食事してるんじゃないか」

少しずつ酒を飲み、順番に運ばれてくる料理に箸《はし》をつけるうち、彼女は、前回と同様、自分の職場の話を始めた。どんな客が来るか、どんな嫌な先輩がいるか、どんなことに腹が立ち、疲れる要素になるか、結局、自分がどれほど面白くない毎日を送っているか。橋口は、今度はひたすら聞き役に回り、細かく相槌《あいづち》を打ち続けた。橋口が目をつける女たちの大半は、最初は多少口が重くても、いったん話し始めると、こうして堰《せき》を切ったように日頃の鬱憤《うっぷん》を吐き出し始める。彼女たちは等しく、自分の人生に割り切れない不満を抱いており、そして、「何か」を待っている。

理恵は、さんざん愚痴をこぼした挙げ句、最後にため息混じりに呟《つぶや》いた。

「まさか、こんなに長く、あの職場にいることになるなんて思ってなかった――こんなはずじゃ、なかったんだけど」

「いや、君は正解だったよ。今の仕事を続けていて、よかったんだ」

橋口はテーブルに肘《ひじ》をつき、身を乗り出して理恵を見つめた。理恵は、わけが分からないといった表情で、わずかに首を傾《かし》げた。

「だからこそ、僕は君と出逢《であ》えた」

その台詞《せりふ》を聞いた途端に、曽田理恵は橋口から目を逸《そ》らし、少量の酒で染まった頬を一層赤くした。橋口は、すかさずポケットからひとつの細長い箱を取り出した。一目見て、ネックレスが入っていると分かる箱だ。つい先週、初めて食事を共にしただけで、こんなことをするのは図々《ずうずう》しいかとは思ったのだが、自分の気持ちを受け取って欲しかったのだと言うと、彼女は戸惑いと喜びの入り交じった表情で、橋口とその箱とを見比べた。そして、箱を開けてみるなり、息を呑《の》んでいた。それ以来、彼女は次第に無口になり、橋口が何を言っても、こっくりと頷くばかりになった。食事の後で、もう少しドライブをしようと言っても、彼女はいかにもしおらしげに、「はい」と答えただけだった。

「そろそろ、行こうか」

今、彼女の胸元には、眼下に広がる夜景のかけらが飛び散ってきたように、微《かす》かな輝きを放つプチネックレスがある。橋口はローバーのエンジンをかけ、車を発進させる姿勢をとった。そして、隣で、理恵がそっと姿勢を変える気配がした途端、すかさず隣に手を伸ばし、彼女の腕を強く引き寄せた。理恵の驚いたような顔が目前に迫るとすぐに、背中に手を回し、頬と頬を触れ合わせる。

「好きだ」

耳元に囁《ささや》くと、彼女が身を固くするのが分かった。橋口は続けて囁いた。ずっと好きだった。先週、初めて食事をしたときに、その気持ちが余計に強くなった。そして、今日さらに。まさか、自分がこんな気持ちになるなんて、思ってもみなかった。そう囁いて、そっと顔を離す。理恵の潤《うる》んだ瞳が、すぐ目の前にあった。

「理恵」

「――――」

「可愛《かわい》いよ」

橋口は、理恵の顔を引き寄せ、そっと唇を合わせた。最初、理恵はほんのわずかに抗《あらが》う素振りを見せたが、それが本気でないことは、すぐに分かった。彼女は、すぐに唇を開き、橋口に応《こた》えてきた。最初は控え目に、やがて激しく、ずいぶん長い間そうして口づけを交わした後、橋口はようやく彼女を抱く手を緩めた。理恵の全身からは力が抜けていて、彼女は橋口から離れると、ぐったりとシートに身を沈めた。橋口は、そんな彼女の頬を撫《な》で、ゆっくりと車を発進させた。峠道を下り、高速のインターとは逆の方向に向かう。やがて、色とりどりのホテルのネオンサインが見えてきた。郊外のこの辺りには、ラブホテルが軒を連ねている。理恵は黙ったままだ。橋口は、これまでに幾度となく利用してきたホテルのネオンを見つけると、わずかに車のスピードを落とした。

「このまま、君を帰したくない」

抑えた声で呟く。何の反応も返ってこない。橋口は、ちらりと隣を見た。曽田理恵は、真《ま》っ直《す》ぐに前を見据えたままだ。その彼女の横顔に向かって、橋口はもう一度、念を押すように言った。

「もう少し、二人きりで過ごしたい」

横顔が、微かに頷いた。橋口は密《ひそ》かにほくそ笑みながら、ウィンカーを点滅させた。

6

それから二日後の午前、西新宿にある行きつけのホテルのレストランで、数種類の新聞に目を通しながら遅い朝食をとっていると、ポケベルが鳴った。ディスプレイを見れば、またもや登与子からだ。昨日も、橋口は二回、彼女に電話を入れていた。その都度、彼女の体調を尋ね、すぐに逢《あ》えないことがもどかしい、何とか時間を作るから待っていて欲しい、逢えないときには必ずこうして電話を入れるからと、繰り返し言っているにもかかわらず、深夜には、登与子の方からポケベルが鳴らされた。

「今、暖簾《のれん》をしまったところなの」

「お疲れさん」

「今日も、待ち人来たらず、だったわね」

「――」

「ねえ――そんなに、忙しいの？　夜まで？」

仕方なく電話をすれば、そんなことをねちねちと言い続ける。橋口は、基本的に一人の女に対しては週に一度のペースで逢うことにしている。口説き落とすまでは、その限りではないが、ひとたび関係を結んだら、そのペースは守り続ける。そうでなければ、同時に複数の女を相手にしきれないし、あまり頻繁に逢っていては、それだけボロが出る危険性も高まるからだ。第一、橋口が何のためにこの「仕事」を続けているのかと言えば、ひたすら自分のために他ならない。贅沢《ぜいたく》な生活を送り、派手に遊び、身の回りを飾りたてたいからこそ、「仕事」に精を出すのだ。

――ちょっと、分からせた方がいいな。

朝食のセットメニューの最後に出てきたグレープフルーツを、ゆっくりと口に運びながら、橋口は思いを巡らした。一昨日《おととい》、首尾よく曽田理恵をホテルに誘うことに成功した橋口は、昨日はたっぷりと休養をとり、午後から深夜まで赤坂界隈《かいわい》で遊んでいた。今日は、まず髪を切りに行こうと思っている。それから、ゴルフの打ちっ放しに行って少し汗をかき、夕方には千草に逢う。

——その間に、登与子を割り込ませるか？

いや、それは無理だ。第一、登与子も、あの曽田理恵にしても、大切な「クライアント」とはいうものの、現段階では、まだ何の役にも立ってはいない。今現在、橋口がいちばん大切にしなければならない相手こそが、宮脇千草だった。あの、控え目で忍耐強い資産家の未亡人が、現在の橋口の打ち出の小槌《こづち》なのだ。このところの橋口が自分のために、また、新たに目をつけた「クライアント」のために、惜しげもなく使っている金のすべては千草の懐《ふところ》から出ていた。そして橋口は、まだまだ千草から金を引き出すつもりでいる。

だからといって、明らかに不安定になっている槇登与子を、このまま放っておくわけにもいかなかった。これはゲームではない、あくまでもビジネスだ。既に餌《えさ》に食いついている、どれほどの可能性を秘めているか分からない相手を、扱い方を間違えて逃がすなど、以《もっ》ての外《ほか》だ。

——それに、情に溺《おぼ》れやすい女ほど、一度首根っこを押さえれば、あとは簡単だ。

槇登与子は、女手ひとつで店を切り盛りし、あれだけの土地と建物を手に入れてきたくらいだから、それなりに気の強い、しっかりとした女であることは間違いない。店での客あしらい、雇い人への接し方などを見ていても、気《き》っ風《ぷ》の良い、さっぱりとした、男勝りの女だという印象があった。だが、一皮むけば、どうということもない、ただの淋《さび》しい女でしかなかったということだ。たった二度、関係を結んだだけのことで、彼女は既に、ほとんど骨抜きの状態になっている。手を打つならば、手っ取り早くした方が良さそうだ。

そこまで考えると、橋口は残りのグレープフルーツを平らげ、カップに残っていたコーヒーを飲み干して、立ち上がった。このホテルのレストランには、旅行者や都心に買い物に来たらしい連中などに交ざって、テーブルの上に携帯電話を置き、やたらと長い時間を過ごす男たちが少なくない。橋口は一目見ただけで、そういう連中が自分の同業者か、または少なからず、似たような職業に携わっていることを見抜く。要するに、いかに労せずして少しでも多くの金を手に入れるか、それ以外には考えていないという連中だ。そして、彼らも橋口を一瞥《いちべつ》しただけで、自分たちに共通する匂《にお》いのようなものを嗅《か》ぎ分ける。

レジに向かって、テーブルの間を歩くだけでも、彼らの数人が、無関心を装《よそお》いながら、ちらちらと視線を送ってくるのが感じられた。彼らは誰もがより楽に儲《もう》けたいと思っている。棚からぼた餅《もち》、濡《ぬ》れ手で粟《あわ》を夢見続けて、食いつくチャンスを虎視眈々《こしたんたん》と狙《ねら》っているのだ。だから橋口は、絶対に誰とも目を合わせないようにしていた。少しでも視線が絡《から》めば、そこから面倒な会話が生まれる可能性がある。こんなところで出逢う連中は、どれほど親しくなったように見えても、互いの寝首を掻《か》くことしか考えていない。これまでの経験上、橋口はそれを百も承知だった。

ホテルの地下駐車場に停めておいたローバーに乗り込むと、橋口は、ようやく少しずつ春めいてきた都会の道を、三軒茶屋に向かって走り出した。夜の遅い登与子は、朝も遅いに決まっている。おそらく、さっきのポケベルの呼び出しは、目覚めてすぐに橋口のことを思い、いてもたってもいられなくなったのだろう。別段、そういう女は珍しくはなかった。若かろうと年老いていようと、我が強く、男を支配したがり、感情のコントロールが下手な女に対してこそ、最初が肝心だ。

山手通りから国道二四六号線に入り、やがて、路地を曲がって、『まき』に近づいたところで、橋口は携帯電話に手を伸ばし、セクレタリー・サービスにダイヤルした。

「今から一五分後に、僕の携帯に連絡を入れてくれないかな」

「承知いたしました。本日の、その後のご予定は」

「そうだな――取りあえず、それからさらに五分後にも、もう一度頼むよ。あとは、今夜八時に、宮脇さんの家に電話を入れて欲しいんだが。番号は分かってるね」

「はい、宮脇様、ですね。橋口様をお呼びいただけば、よろしいですか」

「いや。僕に伝言を残してくれればいい。福岡に連絡するように」

「福岡に連絡するように、ですね。承知いたしました」

声しか知らない電話秘書にそれだけを指示すると、橋口は見覚えのある角をいくつか曲がった。やがて見えてきた『まき』は、暖簾もしまわれたままで、陽も当たらず、いかにもひっそりと見えた。橋口は、その店の前を通過して、五〇メートルほど先に車を停めた。赤いローバーは、デザインとしてはさほど目立つ車ではないが、それでも人目につくことは避けたいと思う。携帯電話だけをスーツのポケットに入れ、車を降りると、橋口は気難しい顔で歩き始めた。自分の中で、カチンコを鳴らすのだ。さあ、怒るぞ、本気で怒れ、と。

『まき』の横手に回り、これまでに二度、下りるときにしか使用したことのない狭い階段を初めて上る。二階の「槇」と表札の出ている扉の前に立つ頃には、橋口は眉間《みけん》に皺《しわ》を寄せ、完璧《かんぺき》に険悪な表情になっているはずだった。インターホンを二度鳴らす。ほどなくして、低く愛想のない「どなた」という声が聞こえてきた。橋口は、インターホンに向かって、低い声で「僕だ」と答えた。

「あら！」

言うが早いか、インターホンが切られ、扉の向こうで、何やらごとごとと動く気配がしたかと思うと、玄関のチェーンが外される音がした。そして、扉の隙間《すきま》から、化粧気のない登与子の顔がのぞいた。橋口は、寝巻の肩から綿入れを羽織っている登与子の、心底驚き、戸惑っている顔を見つめながら、ゆっくりと玄関に足を踏み入れた。

「嫌だわ、来てくれるんだったら、電話の一本もしてくれなきゃ。私、まだ寝起きで、こんな――」

後ろ手に扉を閉め、橋口は、必要以上に恥ずかしそうに話す登与子を睨《にら》みつけると、彼女がまだ話し終わらないうちに、手を振り上げた。右手に衝撃を覚えたのと、登与子の口元から「あっ」という声が洩《も》れたのとが同時だった。

「君は、何も分かってないっ！」

ほつれ髪のかかる顔を背けたままの登与子に向かって、橋口は、靴も脱がないままで怒鳴り声を上げた。槇登与子は、片手で頬を押さえながら、わけが分からないというように、ゆっくりと顔を上げた。

「僕が、どんな思いでいると思ってるんだっ！」

登与子の瞳《ひとみ》には恐怖が宿り、口元はわずかに震えている。

「僕が、君と一緒にいないときには遊んでるとでも思ってるのかっ」

「そんな――そんなこと、思ってやしないわ。私は、ただ――」

「僕が今、どんな仕事に取り組んでるか、どんなに必死で毎日動き回ってるか、考えたことがあるのか！　誰と、どんな交渉をしてるときでも、君が考えなしにポケベルを鳴らすことで、僕がどんなに困るか、考えてないのかっ！」

驚きと恐怖のあまり、顔色を失った登与子の瞳に、次第に、涙が滲《にじ》み始める。それでも橋口は、怒りの剣幕を抑えなかった。

「見損なったよ。僕は、登与子は大人で、僕のことを心から理解してくれる、唯一《ゆいいつ》の人だと思ってた。それなのに、その君が、僕の仕事の足を引っ張るのかっ！」

「そんな――そんなつもり、ありゃしないわ」

「だったら、どんなつもりなんだっ！　どういうつもりで、さっきだってポケベルを鳴らすんだっ。あのとき、僕は大切な会議の途中だったんだぞ！　相手の言葉を一瞬でも聞き逃すまいと思ってるときに、どうして君は、それが分からないんだっ！」

「――ご、ごめんなさい。知らなかったの、知らなかったのよ」

「知らなかったで済むかっ！」

ついに、登与子の頬を涙が伝って落ちた。橋口は、握り拳《こぶし》を震わせ、肩で息をしながら、それでも登与子を睨み続けていた。登与子は泣きながら「ごめんなさい」を連発した。

「そんな、あなたの邪魔になってるなんて、思わなかったのよ。ただ、どうしても淋しくて、あなたの声が聞きたくて——」

「僕だって同じだって、何度も言ってるだろう？　だから時間さえあれば、こっちから電話してるんじゃないかっ！」

登与子は、ついに顔を歪《ゆが》めて泣きじゃくり始めた。濃い栗色《くりいろ》に染めた髪は乱れたままで、肌の色つやも悪く、妙に小皺が目立つ。そんな彼女が、小娘のように、声を詰まらせて泣いている。橋口は、大袈裟《おおげさ》にため息をついて見せた。

「君が、こんな人だとは思わなかった——悲しいよ。情けなくて、全身から力が抜けそうだ」

それだけを言うと、きびすを返す。案の定、背後から「帰るの？」という悲痛な声が被《かぶ》さってきた。橋口は、何も言わずにドアノブに手をかける。「待って！」という声と同時に、登与子が背中に抱きついてきた。

「お願い、待って——このまま、帰ったりしないで」

橋口は、ゆっくりと振り返り、改めて正面から登与子を見据えた。出来る限り絶望的な表情で。

「――会議を抜け出して来てるんだ。直接、言わなきゃ分かってもらえそうになかったから、こうして来た――。どうやら君は、僕が思ってた人とは、違うようだ」

登与子は、愕然《がくぜん》とした表情のまま、信じられないといったように首を左右に振る。

「悪かったわ、ねえ、謝るから。ただ、私、自信が持てないのよ。一人でいると、余計なことをあれこれ考えちゃって、いてもたってもいられなくなるの」

「――――」

「こんな私が、あなたみたいな人に本気になってもらえるはずがない、遊びなら遊びって言ってもらった方が、ずっといいのにって、そうしたら、私だって割り切って考えられるのにって、そんなこと、あれこれ考えちゃって――」

橋口は、さらに大きく目を見開き、奥歯を嚙《か》みしめて握り拳を作った。登与子の顔は、恐怖のためにますます引きつっていく。

「――君は、遊びの方が、いいのか」

「そんな――」

「僕のことが、そんなに信じられないのか」

「違う、違うわよっ」

「僕が、そういう男だと思ってるのか。そんな風にしか、見ていないのか」

「違うったら！」

「どう違うんだよ！　分かったよ——君は僕が信じられないんだろう？　だから、あんなにしょっちゅう、ポケベルで呼ばずにいられないんだな」

今や登与子はなす術《すべ》も知らず、ただおろおろとするばかりだった。力が抜けたように床にへたり込み、それでも何とかして橋口を引き留めようと、片手で橋口のズボンを摑《つか》んでいる。

「お願いよ——そんなに怒らないで。ねえ、悪かったわ、本当に謝るから。このまま帰るなんて言わないで、ちょっとでいいから、上がってって、ねえ」

必死でズボンを引っ張る登与子の、化粧焼けした素顔は涙で濡れ、薄い点線程度にしか見えない眉《まゆ》は、情けないほどに歪んでいた。だが、その下の目は、哀願する表情と共に、十分に媚《こび》を含んでいる。

——やっぱりな。芝居がかった女だ。

相手は、橋口よりも一回り近く年上の女だ。しかも、長い間水商売の世界に身を置いてきて、男の扱いには慣れている。こっちが何をしようと、そう簡単に心の底から動じるとも思えないし、むしろ、向こうは向こうで男を秤《はかり》にかけているはずだ。

「ねえ？　そんなに怖い顔をして、そのまま出ていかれたら、それこそ私、どうしたらいいか、分からなくなっちゃうじゃないの。お願い、私が悪かったから、謝りますから、ねえ」

これが年下の場合ならば、今日のところは冷たく突き放すことによって、橋口に対する恐怖心を植えつける一方で、自分がつき合っている相手は、絶対に中途半端《ちゅうとはんぱ》な男ではないと思わせることが出来る。こうして激しく怒った後、一週間ほど放っておいてから、改めて連絡を入れ、以前にも増して優しくしてやれば、それで、ほぼ確実に相手は落ちるのだ。だが、登与子のような女に対する場合は、相手のプライドも、適当にくすぐることが必要だった。年下らしく、甘えて見せることが大切だ。

橋口は、苦虫を嚙み潰《つぶ》したような顔のままで、登与子に乞《こ》われるままに靴を脱ぎ、のろのろと家に上がり込んだ。登与子は、手のひらで涙を拭《ぬぐ》いながら、懸命に気持ちを整理しようとしているらしかった。

「ねえ、お茶？　それともコーヒーの方が、いいかしら」

「――――」

「座って、ねえ」

何とかして機嫌を取ろうとする登与子には一瞥もくれずに、橋口は居間のソファーに腰を下ろした。登与子は、慌《あわ》ただしく台所に行って何かしてきたかと思うと、すぐに戻ってきて橋口の隣に座った。

「――僕は、そんなに信じられない男だろうか」

橋口は再び口を開いた。今度は沈鬱《ちんうつ》な表情で、力なく。登与子は慌てたように激しくかぶりを振り、橋口にしなだれかかってくる。

「違うんだったら。ねえ、本当に、ごめんなさいね。私、何ていうのかしら――橋口さんと、こんなになって、もう、すっかり舞い上がっちゃったっていうか、何だかリズムが狂っちゃって、自分でもどうしたらいいのか、分からなくなっちゃったのよ。あなたにご迷惑かも知れないっていうことは、ちゃんと分かっていながら、もう、我慢出来なくて、あなたのことが四六時中、頭から離れやしないんだもの」

点線眉毛を八の字にして、登与子はあくまでも懇願する姿勢を崩さない。橋口は、そんな彼女を上目遣いで一瞥し、深々とため息をつく。

「そんなに大切なお仕事の邪魔をしてるとまでは、考えなかったの。だって、橋口さんはいつも優しくて――あんなに、怒る人だなんて、思いもしなかったし」

「――今、大切なプロジェクトが動き出すかどうかっていう、瀬戸際《せとぎわ》なんだ。僕は、今度の仕事に社運を賭《か》けてる――これが成功すれば、うちの会社は飛躍的に成長する。いや、失敗なんかするはずがないんだが、そのために、完璧なプロジェクト・チームを結成しようとしてるところなんだよ」

登与子が息を呑《の》む気配がした。橋口は、片手で眼鏡を外し、いかにも疲れたように目頭を押さえた。

「今の僕にとって、安心出来るのは、登与子と逢《あ》ってるときだけなのに。そのあなたに、信じてもらえてないとなったら――何だか、力が抜けちゃうよな」

「ごめんなさい！　本当に、本当に、ごめんなさい」

台所から、ピーッと音がした。登与子は、慌てて立ち上がり、やがて、ポットと盆を持って戻ってきた。橋口はタイミングを見計らって腰を浮かせた。

「行くよ。時間がない」

登与子は、いよいよ切なそうに眉をひそめ、盆をテーブルの上に置くと、「そんな」と呟《つぶや》いた。

「また、逢えるでしょう？」

「――」

「ねえ、お願い、許して。もう、うるさくポケベルを鳴らしたりなんか、しやしないから。あなたが電話をくださるの、待ってるから」

再び涙ぐみそうになる登与子を、橋口は素早く抱き寄せた。背中に手を回し、強く抱きしめながら、耳元で登与子の名を呼ぶ。

「ごめんよ、痛かったろう」

登与子は、橋口の胸に押しつけた顔を左右に動かしている。その、茶色くぱさついた髪を、橋口はゆっくりと撫《な》でた。そのとき、ポケットの中で携帯電話が鳴った。橋口は、登与子から手を離すと電話を取り出し、耳に押しつけた。約束通り、電話秘書の声がする。

「ああ、ああ、分かった」

すぐ傍で、登与子のいかにも物欲しげな顔がこちらを見上げている。橋口は、大袈裟にため息をついて見せた。手早く電話を切ると、もう一度登与子を抱き寄せる。そして、今度は長い口づけをした。登与子の、小柄で丸い身体《からだ》が、崩れ落ちそうになっていく。

「愛してる——愛してるよ、登与子」

ソファーに近づき、そっと押し倒す。登与子は、微《かす》かに呼吸を荒らげ、とろけそうな目で橋口を見つめている。彼女の手が橋口の眼鏡にかかったとき、二度目の電話が鳴った。橋口は、わざとらしくため息をつきながら電話を取った。

「——ああ、ああ——そうしてくれ」

登与子の上から離れ、電話に向かって答える間、登与子の顔にはあからさまに落胆の色が浮かんだ。橋口は、わずかに肩をすくめて彼女を見つめ、ゆっくりと立ち上がった。

「駄目だ、どうしても戻らなきゃ」

登与子は、素直に頷《うなず》いた。玄関まで見送りに来た彼女の頬をそっと撫で、必ず電話するからと言うと、彼女はゆっくり頷き、それから、くすりと笑った。

「——なに」

「ちょっと、意外。あなたが、こんなに熱血漢だったなんて、思わなかった」

「言ったろう？　僕は何をするにも命がけになるって。本気になったら、何をするか分からない男だ」

「まあ、怖いのね——ねえ」

登与子は、少女のように上目遣いのままで身体をくねらせ、橋口を名前で呼んではいけないかと聞いてきた。橋口は、少し考える顔をした後、登与子にならば、どんな風に呼ばれても構わないと答えた。彼女は、心の底から嬉《うれ》しそうに「雄、ちゃん」と呼んだ。

「お電話、くださるわね、雄ちゃん」

成功だ。彼女は、橋口の若々しさ、行動力に魅力を感じている。リードされたい思いと、年下扱いしたい思いとが錯綜《さくそう》する。最後にもう一度、軽い口づけをして、橋口は登与子の部屋を出た。階段を下りてから見上げると、二階の窓から、登与子がこちらに手を振っていた。

7

小滝橋警察署内に、山崎元子を被害者とし、自称橋口雄一郎を被疑者とする結婚詐《さ》欺《ぎ》事件の共同捜査本部が設置されたのは、四月に入り、桜のほころびかけた頃だった。山崎元子からの被害届を受理した三月の初旬から、それだけの時間がかかったのは、事件の認定に手間がかかったからである。

たとえば殺人事件などの場合は、最初から被害者の存在、被害の状況が明らかであるだけに、認定は即座に行われる。従って捜査本部が設置されるのも早いが、今回のような詐欺事件の場合は、まず被害者の申し立てる被害の内容を確認するところから始めなければならない。山崎元子から被害届を受理した関係上、その作業は当然のごとく、阿久津が担当することになった。

まず、山崎元子から任意提出を受けた橋口の名刺に刷られている社名、住所、電話番号が、すべてでたらめであることが確認された。もちろん、もう一枚の名刺に刷られている大学の非常勤講師というのも、自宅の住所、電話番号も、何もかもが真っ赤な嘘《うそ》だ。もちろん、自宅があるはずの住居地に、当該する人物の住民登録などあるはずもなく、現段階では、橋口雄一郎なる人物が、実際にはどこの誰なのか、まったく不明だということだった。

「間違いありません。元子ちゃん、もう、ひどいショックを受けちゃってねえ」

次いで、阿久津は元子が唯一《ゆいいつ》相談を持ちかけたというスナック経営者の女性にも話を聞いた。以前は同じ店で働いていたという女性は、元子の受けた災難を自分のことのように悔しがり、元子に同情している様子だった。

「最初は私も、玉の輿《こし》って本当にあるものなんだ、なんて感心してたものだけど、もっと早く気がついてあげれば良かったって、今では後悔してるんです。そうそううまい話なんて、あるもんじゃないですものねえ」

山崎元子の被害状況に間違いがないことが確認されると、次に、警視庁管内で同様の手口による犯罪が起きているかどうかを調べる。もしもプロによる犯行ならば、他にも被害者がいる可能性が極めて高いからだ。山崎元子以外にも、橋口雄一郎と称する男からだまされたという女性が存在すれば、犯罪の規模がそれだけ大きいということになる。

犯罪手口照会は、各署の端末を使用して、簡単に検索出来る。その結果、山崎元子と同様の手口で詐欺被害に遭っている女性が、都内にあと二人存在することが分かった。一方は、調布市在住の郵便局員で、狛江《こまえ》署が届を受理しており、他方は、豊島《としま》区在住の幼稚園教諭で、こちらは東池袋署が受理している。被害の内容はいずれも、ゲームソフト会社を経営している橋口雄一郎と名乗る人物と結婚の約束をした上、何かと理由をつけては金銭をだまし取られ、その後、突然橋口と連絡が取れなくなったというもので、山崎元子の場合とまったく同様だった。

「マルヒは、まず同一人物と考えて間違いないだろうと思いますが」

「プロだな、間違いなく」

「被害届だけで三件出されているっていうことは、野郎、実際には、もっと大勢の女をだましてるはずですね」

阿久津の報告を受けた係長は、ため息混じりに頷《うなず》いた。結婚という、極めて個人的で、また微妙な問題が絡《から》んでいる場合、被害者は金銭的に受けた被害以上に、精神的に大きな損害を与えられるのは想像に難《かた》くない。せっかく描いた将来の見取り図は粉々に打ち砕かれ、プライドは傷ついて、周囲にも結婚するなどと話してしまっていたら、世間にも顔向け出来ない気分になるだろう。そんな状況に陥った被害者のすべてが、警察に駆け込むとは考えられない。大抵の場合は、泣き寝入りすることになる。それだけに、結婚詐欺は発覚しにくく、事件化しにくいのだ。

「三件だけで、被害金額は二二〇〇万以上か」

「全部洗い出したら、相当な金額になるんじゃないですかね」

その段階で、阿久津からの報告は係長、課長代理を経て刑事課長まで届き、課長は警視庁本部の捜査二課の担当係長に連絡した上で、本格的な捜査体制をとるかどうかを検討する。そしてようやく三件の被害のうち、もっとも裏づけがしっかりと出来ている、いわゆるスジが良い山崎元子の件を本件として、小滝橋署内に署長を本部長とする共同捜査本部を設置することが決定したのだ。

「明日から、忙しくなる」

最初に山崎元子から話を聞いたという関係上、共同捜査本部員として召集されると知らされた日の夜、阿久津は妻に言った。実際のところは、どれほど忙しくなるか分からなかったが、具体的な内容までは話せないものの、仕事の環境に多少の変化が生まれることくらいは話したかったのだ。

「なんで」

「捜査本部に加わることになった」

「あ、そう」

既に入浴も済ませていたらしい彼女は、パジャマの肩からバスタオルを羽織り、濡《ぬ》れた髪を垂らした格好で、片手に缶コーラを持ったまま玄関に出てきた。身綺麗《みぎれい》にしていれば、それなりに見える女なのだが、パーマ気もなく、しばらくは化粧もしていないらしい妻は、子どもっぽいというよりも、どことなく少年のように見えた。もともと、骨ばった体型をしている上に、顔の輪郭が長方形に近いから、意識して女らしくしていないと、普通以上に味気なく見えることくらいは本人だって知っているはずだ。だが、阿久津が着替えをしている間中、彼女はテレビの前にあぐらをかいて座り込み、ろくにこちらを見ようともしない。「直斗は」と聞けば、「寝たわ」と答えるだけ、そのまま、息子の様子も語らなければ、阿久津の仕事のことも突っ込んで聞こうとはしない。

パジャマに着替えると、阿久津は自分で冷蔵庫から缶ビールを取り出して、慶子のいる居間に行った。

「先に、お風呂《ふろ》に入ってくれば」

「――」

「冷めないうちに、入ってよ」

慶子はテレビの画面から目を離さずに言う。阿久津は返事をする代わりに、ビールのリングを引いた。その音がしたときだけ、彼女はちらりとこちらを見た。

「忙しくなると、どうなるの。泊まりが増えるとか？」

「泊まりは、いつもと変わらないだろう。帰りが遅くなる」

「なんだ」

酒を飲まない彼女は、喉《のど》を鳴らしてコーラを飲み、「それじゃあ、いつもと変わらないじゃない」と続けた。そう言うと思ったのだ。

「捜査本部って、どこにあるの」

「小滝橋」

「じゃあ、それこそ何も変わらないじゃない」

阿久津は、何も言わずにビールを飲んだ。本当は小腹が空《す》いているのだが、それを言う気にもなれない。風呂上がりに、自分でカップラーメンでも作ろうと思いながら、阿久津は少しの間、まるで内容の分からないテレビを眺めていた。

明日から、阿久津は細かいことに煩《わずら》わされず、ひとつの事件だけを追うことが出来る。結婚詐欺を扱うのは初めてのことだし、被害金額が何億にも上るような大規模な事件というわけでもないが、ひとつのことに集中出来るのは有りがたかった。橋口雄一郎とは、どういう男なのか。山崎元子の話によれば、年齢的には阿久津と大差ないと思われるが、日々、女をだますことばかり考えて暮らしている男とは、どんな生活を送っているものなのか。女たちは、その男のどこに惹《ひ》かれるのだろうか。仕事の中心としては、当然のことながら金の流れを追うことになるが、阿久津は、橋口という男にも興味が湧《わ》いてきていた。取りあえず、今のところ唯一分かっているのは、自分とは、似ても似つかない人生を歩んでいるということだけだ。

「どうせ、うちは母子家庭みたいなものだもの」

ふいに、慶子が呟《つぶや》いた。

「何も、今に始まったことじゃないじゃない」

妻は、阿久津の方を見ようともせず、湯上がりの横顔を見せたまま話し続ける。

「じゃあ、夕御飯の支度もいらないのね」

知り合った当初は、その飾り気のない頑固そうな横顔を、可愛《かわい》く思ったものだった。

そして、これだけしっかりした女ならば、警察官の妻としても、忙しい亭主に代わって、立派に家庭を守っていかれるだろうと思った。

「——直斗は、どうだ」

「普通よ」

「新しい担任は、どんな人だって？」

「若い、男の先生」

「何ていう人」

「聞いてどうするの。一度だって会うわけじゃないんだから、関係ないじゃない」

ビールは旨《うま》かった。だが、つまみの代わりに、まるで愛想のないどころか、嫌味たらしい答えが返ってくるだけでは、味気ないことこの上ない。結局、阿久津はそそくさと席を立ち、風呂に入ることにした。

「ビール、温《ぬる》くなっちゃうんじゃないの」

そこに気がつくのなら、冷蔵庫にでも入れておいてくれれば良いではないかと思いながら、阿久津は浴室に向かった。風呂から上がったときには、慶子は既に寝床に入っていた。

翌日から、阿久津は刑事部屋の代わりに、小滝橋署の七階にある小さな会議室に通うことになった。殺人事件などの特別捜査本部とは異なり、知能犯捜査では、まず秘密保持を心掛け、関係者以外には絶対に知られないように捜査を行わなければならないから、捜査本部には、「○○事件」などという、いわゆるカイミョウなどもつけられない。一見すると、何をやっているか分からない連中が、小さな部屋に集まっているという感じだ。

「こうしている間にも、ホシはまた新しい被害者を食い物にしていることを忘れないで、必ず逮捕にこぎ着けることを合い言葉に、綿密な捜査と確実な証拠集めを心掛け、根気よく捜査に当たってもらいたい」

まずは、会議室に召集された四人の捜査員に向かって、捜査本部長である小滝橋署署長が型通りの挨拶《あいさつ》をした。次いで、副署長が召集された四人の名を読み上げ、刑事課長が具体的な二、三の指示をして、極めてシンプルな短い儀式を終えると、管理職のお歴々は、そそくさと会議室を出ていった。

「まあ、気長にやろうや」

本庁の捜査二課から投入され、実質的に今回の捜査本部のキャップとなった米谷《よねたに》警部補が、早くも煙草《たばこ》をくわえながら、挨拶とも言えない挨拶をした。ようやく窮屈な儀式から解放されて、阿久津は初対面の捜査員たちと、何となく曖昧《あいまい》な笑みを交わしながら席に着いた。これから当分の間、チームを組んで捜査に当たるのは、米谷キャップの他に、東池袋署から来た竹花《たけはな》巡査部長と、狛江署の小川《おがわ》巡査の二人だ。この四人で、橋口雄一郎という、現在のところ謎《なぞ》に包まれている人物を洗い出し、ウラを取り、追い詰めていくことになる。

「まず、ガイシャから調書を取る、か。その間に、皆は橋口雄一郎って野郎の正体を割り出してくれんかね」

米谷キャップは、四〇代の後半というところか、阿久津よりも一〇歳ほど年上に見えた。短い髪にはちらほらと白いものが交ざり始め、額には数本の深い皺《しわ》が刻まれている。小柄で頰の肉もそげ落ちており、全体として年齢以上に昔の刑事、それこそ鳥打ち帽でも被《かぶ》っていたら似合いそうな印象を受ける男だった。

「橋口雄一郎とは、まあインテリ臭いっていうか、結構な名前をつけたもんだが、こんな野郎は、どうせマエがあるに決まってんだ。どっちみち、結婚を餌《えさ》にして女を食い物にするような野郎は、ろくでもねえ奴《やつ》に決まってる。その面《つら》を拝むときが、楽しみだな」

阿久津は、独り言のように喋《しゃべ》る米谷を見ていて、この人なら信じられそうだと思った。少なくとも、現在の知能犯捜査係長よりは、ウマが合いそうな気がする。

「あの——」

いちばん若手の小川刑事が、おずおずと口を開いた。首筋から肩にかけての線に、まだ少年の面影すら残している。色白で細面、今時の若者らしく、さらりとした髪を自然にまとめて、明るめのグレーのスーツも、ようやく板についてきたという感じの男だ。

「マエがあったって、名前が嘘なんですから、そこから調べるってわけには、いかないんですよね」

あまりにも素人《しろうと》臭い台詞《せりふ》を聞いて、阿久津は思わず笑いそうになった。

「じゃあ、どうしましょうかねえ」

阿久津がからかい半分に言うと、小川はわずかに憮然《ぶぜん》とした表情になる。東池袋署から来た竹花という男も、にやにやと笑いながら、若い刑事を眺めている。全身が四角で出来ているような、いかつい体格の巡査部長は、おそらく阿久津よりも二、三歳年下だと思われた。

「竹花さんは、竹さん、でいいかね」

米谷キャップに聞かれたとき、往時は相当に身体《からだ》を鍛えていた口だと思われる竹花は、いつもは「花ちゃん」と呼ばれている、と答えた。

「この鼻と、引っかけてるんですわ」

竹花は、陽に焼けた顔の真ん中にどっかりとあぐらをかいている自分の鼻を指さしながら言った。幅の広い鼻梁《びりょう》だけでなく、四角い輪郭も、幅広く厚い唇も、一見すると豪快そうで、いかにも男気がありそうな印象を与えるが、よく見ると、その小さく奥まった目元には、意外なほど気弱な雰囲気を漂わせている。これは、案外繊細なタイプに違いないと、阿久津は竹花を観察して思った。

「山崎元子から話を聞いたのが、阿久っちゃんだよな。彼女、昼間は署に来るのは難しいのかね」

「いや、大丈夫でしょう。山崎元子は新宿のクラブでホステスをしてる女ですから、日中は家にいるはずです」

米谷は、細かい供述調書を取るために、山崎元子を呼び出すように指示し、次いで、狛江署と東池袋署に、それぞれ告訴状と被害届を出している二人の女性からも、写真でも何でも良い、橋口雄一郎の身元を割り出す手がかりとなるものを手に入れてくるようにと言った。阿久津は、さっそく山崎元子に電話を入れた。午前中だったせいか、明らかに寝惚《ねぼ》けたような声で電話口に出た山崎元子は、阿久津が名前を名乗ると、最初はぴんとこない様子だったが、やがて「ああ」と言った。

「それでですね、もう少し細かいお話をうかがえないかと思ってるんですが、ご都合はいかがです」

「昼間だったら、大体いつでも大丈夫ですけど——ああ、でも、今日は駄目だわ。歯医者に行く日なんです」

「歯医者さんね。予約は、何時です」

「二時——でも、終わってからそっちに行くと、三時半か、四時くらいになると思います」

現在のところ、まださほどの書類も積み上げられておらず、数台のパソコンと電話が引かれている以外、全体にがらんとした会議室で、阿久津はひと月ほど前に会った山崎元子を思い出しながら、受話器に向かっていた。

「四時には、来られますか」

「でも、それからじゃあ、お店に行くのに、間に合わなくなっちゃうし——」

「じゃあ、仕事に行く準備をしてから、来てくださいよ」

「——時間、かかります?」

阿久津は、ちらりと米谷キャップを眺めながら、それは何とも言えない、と答えた。ガイシャからの話を聞くのは、おそらくキャップの仕事になる。だが、誰が話を聞こうと、供述調書を取る作業は、とても一度で済むとは思われない。今度は、簡潔な被害届とは事情が異なり、微に入り細をうがって、マルガイ＝被害者とマルヒ＝ホシとの関係のすべてを聞き出さなければならないのだ。

どういうきっかけで知り合い、いつ頃、どういう関係になり、その都度、マルヒはマルガイに向かってどんなときにどんなことを言い、それによってマルガイは、どう感じ、何を考えたか。金を出すについては、マルヒはどういう言い方をして、それによってマルガイは、何を考え、どういう気持ちになったか——それこそ、本来ならば秘め事として、他言すべきではないようなことまで、洗いざらい話してもらわなければならなくなる。

「取りあえず、先日も見せてもらった橋口の写真をね、持ってきていただきたいんです。その他にも、手がかりになりそうなものなら何でもいいですから」

話を聞くのは明日でも構わないが、それだけでも持ってきてもらえないかと言うと、山崎元子は、ようやく幾分はっきりしてきた声で「下着なんかも、ありますけど」と答えた。

第二章　特定

1

桜の花びらが音もなく降り続けていた。夜の闇《やみ》の中に、幻のように浮かび上がっている桜並木の下を、橋口はゆっくりと歩いた。片腕には、曽田理恵がぶら下がっている。その表情までは見えなかったが、彼女がいかにもうっとりと桜吹雪に酔いしれているらしいことは、その雰囲気から容易に察することが出来た。

「こんな風に、桜を眺められるときがくるなんて、思ってなかった」

理恵は、自分も桜の色に溶けていきそうだと言った後、そう呟《つぶや》いた。橋口は、腕に回された彼女の手を柔らかく解き、代わりに彼女の肩を抱いた。

「来年も、再来年も、この桜を見に来ような」

「——来年も、再来年も」

「ああ、ずっと一緒に、毎年、この桜を見よう」

返事をする代わりに、彼女は橋口を見上げて、うっとりとした表情のままで頷《うなず》いた。

橋口は曽田理恵に微笑《ほほえ》みかえし、何なら、新居に桜の木を植えようかと言ってみた。案の定、理恵は目を丸くした。

「新居、に？」

「実は今ね、知り合いに土地を探してもらってるんだ。本当はマンションでもいいかと思ったんだけど、やっぱり僕は、庭のある家の方が好きだし、いいかと思って」

「土地って――」

「だって、ほら、どこにでもあるような建て売り住宅じゃあ、味気ないだろう？」

理恵は、にわかには信じ難いといった表情のまま、懸命に橋口の顔をのぞき込んでくる。橋口は、軽く笑いながら、いい候補地が見つかり次第、一緒に見に行こうと言った。

「この前食事をしたホテルがあったろう？ あの建物を設計した男が友達なんだ。伊達《だて》っていう奴《やつ》なんだが、以前から、僕が家を建てるときがあったら、必ず設計してくれるって約束してる。まあ、僕は『おまえの設計なんかじゃあ、困るよ』って言い続けてるんだけどね。とにかく斬新《ざんしん》すぎちゃって、目立ってしょうがないから。だけど、見た目の奇抜さからは想像もつかないほど、使い勝手がいいっていう評判なんだな。たまたま、僕が紹介した大田さんっていう外務省の人が、彼に自宅の設計を頼んでね、感激してるんだ。僕も、何度か訪問したことがあるけど、さすがに違うなあと思ったよ。君は、どう？　目立つ造りの家は、嫌いかな」

「そんなこと、ないわ。似たような家ばかり並んでる中で、自分の家だけ一際《ひときわ》目立ってたら、嬉《うれ》しいに決まってる」

理恵は表情を輝かせ、橋口が二週間ほど前に食事に連れていったベイエリアのホテルを思い浮かべている様子だった。

「だが、あんまりへんぴな場所に、そんな目立つ家を建てるのも考えものだからね。それで今、土地を探してる。それに関しては、都庁の都市計画課に勤めてる知り合いが、色々と動いてくれてるんだ」

「都内に、建てるの？」

「出来れば、世田谷か杉並辺りがいいよな。まあ、少しぐらいなら郊外に行ってもいいとは思うけど、僕はこんな仕事で、とにかく忙しいしね、通勤に時間をかけずに、穏やかに暮らせる街の方がいいと思ってるんだ。それに、都内の古くからある住宅地の方が、案外静かで、落ち着いてるものだからね。家を建てるっていうのは、思った以上に面倒な作業みたいだ。何しろ、都市計画から何から調べなきゃならないから。まあ、その都庁に勤めてる――井上っていうんだが、井上に頼んでおけば、間違いないがね」

「世田谷なんかに、土地があるのかしら。それに、ものすごく高いんでしょう？」

曽田理恵は、半ば夢見るような、それでいて、奇妙なほど現実を見据える落ち着きを見せる表情で答える。橋口は軽く笑いながら、土地などというものは、あるところには、あるのだと答えた。それに、金についても。

「君は、そんな心配はしなくていいさ。とにかく、君に考えて欲しいのは、伊達が設計に入る前に、自分なりの希望を出しておくこと。それから、家が建った後には、その家をきちんと管理して、いつ、どんな人が訪ねてきても、すぐに迎え入れられるようにしておいてくれること。何しろ、僕が結婚するかどうかっていうだけだって、仲間内で賭《か》けをしてるような連中が、うようよしてるんだ。そうそう、今日もロスから電話があってね、学生時代に同じ教授についてた男で、瀬戸山っていう奴なんだけど、どこから聞いたんだか、僕が結婚するらしいっていう情報を小耳に挟んだっていうんだな」

「ロスって――ロサンゼルスでしょう？」

理恵は、ますます驚いた表情になっている。橋口の舌は、もう止まらなかった。自分と理恵とが結婚することについて、国内ばかりでなく、海外にいる友人までもが、冷やかし半分の祝福をしてくれている。新居が出来たら、泊まり掛けで遊びに来る連中が、当分の間は後を断たないだろう。ドイツの日本大使館に勤めている友人は、遊びに来るとなったら女房と四人の子どもも連れてくるだろうから、大騒ぎになる。その代わり、こちらが向こうへ行くときには、すべてのお膳《ぜん》立てをしてくれる男だ。そう考えると、新婚旅行は南太平洋よりも、ヨーロッパの方がいいかも知れない——話しているうちに、橋口自身が、庭に桜の木のあるモダンな家や、広々としたリビングに集う人々、ヨーロッパの古城などを思い描き始めていた。毎日のようにパーティーを開き、世界中を自分の庭のように移動して過ごす日々が、もうすぐそこまで近づいていると思うことが出来た。

「ああ、待ち遠しいな」

深々と息を吸い込んで呟くとき、それは本心になる。そうなのだ。橋口はいつでも、女に夢を与えつつ、自分自身も同じ夢を思い描く。その瞬間は、すべてが本心から出る言葉であり、真実なのだ。

「ねえ、あの——お式のことなんだけど」

橋口の語る夢物語に、すっかり酔いしれた表情の曽田理恵が口を開いた。橋口は、彼女の髪にのっていた桜の花びらを指でつまみ取ってやりながら、彼女の顔を見つめた。理恵は、何か言おうとして口を開きかけ、そして恥ずかしげに微笑んでいる。

「そうか、結婚式か。そうだよな、家のことも大切だけど、まず式のことを考える方が先かな」

「雄一郎さん、何か、考えてる？」

「結婚式は、花嫁のものだよ。本当のことを言えば、男はどうだって構わないんだ。一生に一度のことなんだから、君がしたいようにして、いいよ」

理恵は、ますます恥ずかしげな表情になり、「あのね」と言った。出来ることならば、高原の小さな教会で式を挙げたいの。出席してもらうのは、ごく親しい人たちだけで、飾り気のない、気取らないものにしたい。ほら、よく映画で見る、イタリアやフランスの田舎の結婚式みたいに、教会から出てきたら、皆に祝福してもらって、大きな木の下でピクニックのようなパーティーを開いて、皆で踊ったり、歌ったりするの――。橋口は、なるほど、なるほどと相槌《あいづち》を打ちながら、自分もそんな光景を思い浮かべた。楽器を持ち寄り、ワインを飲み、子どもたちは草原を走り回る。楽しげな笑い声が青空に響き、額の汗は吹き抜ける風が乾かしてくれる。

「地元の人が、飛び入りで参加してくれるといいな。その日は、近くを通りかかった人には誰にでも、ワインを一杯飲んでいってもらおうか」

「そんなことが出来たら、世界中が祝福してくれてるみたいな気持ちになるわね」

「そうだ。招待する人たちは、気取らない服装で来るように、頼んでおこう。その日、輝いて見えるのは、ウェディングドレスの君だけだ」

それから橋口は思い出したように、ドレスはレンタルなどでは駄目だよとつけ足した。そのときばかりは理恵は自信満々の表情で頷いた。

「これでも、デザイン学校出身なのよ。私、自分のウェディングドレスは自分で作りたいって、ずっと昔から考えてたの」

とろけそうな笑顔で語る曽田理恵は、まさしく有頂天に見えた。長い桜並木を、ゆっくり、ゆっくり歩きながら、橋口は、尽きることなく彼女と夢を語り合った。そして、あと二、三本で並木も途切れるというところまで来たとき、橋口の携帯電話が鳴った。時計を見ると、午後九時ちょうど、予定通りだ。

「セクレタリー・サービスでございます」

いつもの電話秘書の声が聞こえてくる。橋口は、普段と変わらず適当な受け答えをして、相手が電話を切るのを待った。そして、いつもの通りに切れた電話に向かって話し続ける。

「今夜は、電話しないでくれって、吉川くんに言っておいたんだがな——ああ、ああ、じゃあ、ちょっと代わってくれ」

橋口に電話が入ると、曽田理恵はいつでも遠慮がちに少し離れる。それでも橋口は、必ず具体的な人の名前を出し、ときには折り返し他に電話をかけるふりをして、その都度、大手のゲーム機器メーカーや、コンピューター会社、ときには架空の大学教授などの名前を出して、理恵が少しずつ橋口の仕事の内容を察するように仕向けてきた。その結果、彼女は橋口が現在、新しいゲームソフトの開発プロジェクトに取りかかり、他社に先駆けて、まったく新しいゲームソフトを生み出そうとしていること、同時に、大学の方では、新しい論文の準備に入っていることなどを、何となく理解するようになっていた。

「岩下くんか、ああ、ご苦労さん。それで？――ああ、ああ、向こうは、そう言ってきてるんだな？　だったら、問題はないんじゃないかな。うちとしては、彼の能力は是非とも高く買いたいしね――なんで――そんな問題なら、うちで何とかしてやればいいだろう？――いくらなんだ――ああ、いいんじゃないか？　それくらい、出してやれよ。ええ？　ああ、そうか――ああ、確かにそうだ。それだったら、連絡してくれて良かったよ――うん、ああ、ああ、どうして――うん、うん。あと三〇〇万か？　明日？　明日までに用意しろっていうのか？――ああ、だけど、宮本が、まだ戻ってきてないからなあ。その辺の管理は、全部宮本に任せてるじゃないか。彼に電話を入れたかい。ああ――そうか。三〇〇万、か。分かった。ああ、ああ――」

一人芝居をしながら、ちらりと振り返る。曽田理恵は、散っていく桜を見上げながら、少し離れたところをゆっくりと歩き回っている。だが、彼女の耳に、今の話が届いていないはずがなかった。橋口は、適当なところで電話を切ると、理恵に向かって「もう少し待ってくれ」と声をかけ、改めて電話をする。

「おかけになった電話番号は、現在使われておりません。番号をお確かめの上――」

「ああ、橋口です。夜分すみません、社長は、お戻りですか――はあ、ああ、そうか、今夜はあっちのパーティーに出ておられるんですか。僕？　いや、僕は今夜は、失礼したんですよ――ええ？　いや、あははは」

花冷えの夜空に笑い声を響かせて、橋口はそれから何件か電話をかけるふりをし続けた。そして、結局ため息をつきながら理恵の傍まで戻った。

「――さあ、帰ろうか。送っていくよ」

何かの問題を抱えながら、無理に明るく見せる表情で、橋口は理恵の肩に手を回す。彼女は、いかにも心配そうな表情でこちらを見上げたが、口を噤《つぐ》んだまま、おとなしくそれに従った。

「今夜は、泊まれなくなったよ」

ローバーの助手席に理恵を乗せ、彼女のアパートに向かいながら、橋口はぽつりと呟いて見せた。理恵が、こちらを見ているのが感じられる。このひと月の間に、彼女は既に自分の生活のすべてを橋口の前にさらけ出していた。

最初は、橋口に誘われるままホテルに入った理恵だが、次に電話をしたときには、遠慮がちではありながら、彼女は自分の手料理を食べて欲しいのだがと言い始めた。常日頃から、普通の家庭料理が食べたいと橋口が言うのを、彼女はきちんと頭に叩《たた》き込んでいたらしい。六畳一間のアパートに行くようになると、橋口は「居心地が良い」を連発し、片時でも理恵と離れたくない、心置きなく二人で過ごせる場所がいちばんだと言い続けた。理恵は、橋口の言葉に引きずられるように、橋口の訪問を待つようになり、夜が更《ふ》けると「帰らないで」と言うようになった。その段階で、既に橋口は、理恵に対してほとんど金を使わなくなっていた。たとえば今夜のように外食するときでも、橋口は財布を忘れたと言ったり、当たり前のように「出しておいてくれ」と言って、彼女に支払いをさせていた。それでも、彼女は何も言わなかった。むしろ、嬉しそうにさえ見えた。

「――帰っちゃうの？」

「仕方がないんだ。明日の午前中までに、三〇〇万を用意しなきゃならなくなった。こんなはした金で振り回されるとは思わなかったな」

小さく舌打ちをしながら呟《つぶや》く。

「ちょうど、明日中にかなりまとまった額を、取引先に振り込むことになっててね、それは、五〇〇〇万近い金なんだが、そっちのことばっかり考えてたら、急に、助けて欲しいって言われて。僕自身は、金には無頓着《むとんちゃく》だからね、すべて人に任せてるんだが、今、その経理を任せてる男がニューヨークに行ってるものだから、僕じゃあ、どうすることも出来ない」

「――三〇〇万を、支払わなきゃいけないの？」

「いや、支払うのは一五〇〇万らしい。一二〇〇万は、もう都合がついたらしいんだが、残りの三〇〇万が、どうにもならないんだと。僕だって、そんな金をいつも財布に入れて持ち歩いてるわけじゃない。第一、僕のポケットマネーと会社の金は、完全に切り離してるから」

わずかに苛立《いらだ》ちを見せながら言うと、理恵は深々とため息をついている。

「本当を言うとね――ちょっと、後ろのシートを見てごらん」

ちょうど赤信号の前でブレーキを踏んだとき、橋口は口を開いた。理恵は、素直に身体《からだ》を捻《ひね》って後ろを向く。その胸元には、ダイヤのプチネックレスが光っている。

——頼むぞ、それなりの投資はしてるんだからな。

「白い封筒があるだろう。ちょっと、見てごらん」

理恵は言われるままに身を乗り出して白い大きな封筒を手に取り、姿勢を戻した。そして、中に入っているパンフレットを取り出した途端、小さな悲鳴のような声を上げた。それは、結婚式場案内センターに置かれている、都内近県のあらゆる結婚式場の案内だった。

「さっき、君からあんな話を聞く前だったから、僕なりにあれこれ考えようかと思って、集めさせてみたんだ」

「——雄一郎さん、考えてくれてたの」

「そりゃあ、そうさ。本当は今夜、君とこれをゆっくり見たかったんだが——」

「——」

信号が青になった。橋口はギアを入れ、ゆっくりとアクセルを踏み込む。スムーズに動き出した車の中には、今夜はベートーヴェンのチェロ・ソナタが流れている。

「まいるよなあ、こんなときばっかり僕を頼ってくるんだから。いや、本当はね、その男っていうのは、通産省の次官の倅《せがれ》なんだ。父親との折り合いが悪くて、今のところ、親子断絶の状態でね。僕は、親父《おやじ》さんにも可愛《かわい》がってもらってるものだから、結局は、その倅のことも放っておけなくて」

「――明日の午前中までに支払うのに、これから、都合をつけるの？」

「もう、こんな時間だからね、どうなるか分からないが。だからって、見捨てるわけにはいかないだろう？　だけど、君よりもそっちの方が大切だなんて、思わないでくれるよな？」

視界の片隅で、理恵が身じろぎもせずに前を見つめているのが見て取れる。拗《す》ねている。迷っている。もうひと押しだ。

「畜生、やっと今日、時間がとれて、一週間ぶりに逢《あ》えたっていうのに」

「――――」

「理恵の、綺麗《きれい》な身体を抱いたまま、眠れると思ったのにな」

言いながら、そっと手を伸ばして、スカートの上から彼女の太股《ふともも》を撫《な》でる。ひと月前は、あんなに身を固くした彼女が、今は当たり前のように、その橋口の手の上に自分の手を重ねてきた。

彼女のアパートに近づいてきた。橋口は、片手でハンドルを操作しながら、片手で理恵のスカートをたくし上げ、ストッキングの足を撫で続けていた。そして、アパートの前で車を停めた途端に、彼女を強く抱き寄せる。

「愛してるよ――理恵、理恵」

囁《ささや》きながら首筋に唇を押しつけ、その後、激しくキスをすると、理恵はすぐに応《こた》えてきた。橋口の背中に回された手が、狂おしげに動き回る。

「雄一郎さん――」

「離れたくないんだ。本当は、いつだって一緒にいたい」

「――お金の都合がつけば、今夜は一緒にいられるんでしょう?」

「馬鹿《ばか》な男だと思うだろう? 他人のために、君との大切な時間を犠牲にしなきゃならないなんて」

街灯の光が射《さ》し込む車内で、橋口は囁き、彼女の胸や腰をまさぐった。理恵は呼吸を乱し、何度も橋口の名前を呼んだ。

「私が、都合するわ」

やがて、彼女は熱い息と共に言った。橋口は、愛撫《あいぶ》の手を休めず、気にも留めていないように「君が?」と言った。

「よせよ、君が、そんなこと――」

「だって、お世話になってる方の息子さんなんでしょう? だったら、私だって、そのうちお目にかかることもあるかも知れない。何も雄一郎さんが、こんな夜更けに走り回ることなんか、ないわよ」

橋口は、正面から理恵を見つめた。彼女は慈愛に満ちた、余裕のある微笑《ほほえ》みを浮かべながら、橋口の視線を受け止めている。

「私だって、それくらいのお金は持ってるのよ」

「だけど」

「そりゃあ、雄一郎さんみたいにお金持ちじゃないけど、今まで、それほど遊ばないで、働いてきたんだもの。それくらいのお金なら、あるの。どうせ結婚資金にしようと思って貯《た》めたお金なんだもの、気にしないで、使って。ね？」

橋口は、理恵の名を呼び、再び彼女を強く抱きしめた。

「最高の女だよ。君は、今からもう、僕を支えようとしてくれる。最高の女だ」

「だから、今夜は泊まっていかれるでしょう？」

橋口は、もちろんだと答えた。そうとなったら、今夜はいつもにも増して、彼女を愛撫し続けてやろう。そして、満足させるのだ。橋口のために金を出せば、いつでも夢見心地になれるのだと、全身に覚え込ませてやる。

「理恵、君は、可愛いだけじゃないんだな。最高の女だ。もう、僕にはなくてはならない人なんだ」

彼女にそう囁いた後で、橋口は曽田理恵を先に車から降ろした。

「お風呂《ふろ》のお湯、入れておくわね」

理恵は嬉《うれ》しそうに車から降り、外見だけは小綺麗に見える安アパートに小走りに向かっていく。橋口は、その後ろ姿を見えなくなるまで見守り、再び車を走らせた。駐車出来る場所を探す間、どうしても口元がほころんでならなかった。

2

呼び出しに応じて小滝橋署へやってきた山崎元子は、これから細かい供述調書を取ると説明をすると、案の定態度を硬化させた。確かに、自分をだまして金を奪っていった橋口雄一郎は憎いと思っている、何がなんでも捕まえて刑に服させたいという意思に変わりはない。だが、彼から受けた心の傷を癒《いや》そうという思いで、懸命に日々を送っている現在、これ以上、細かいことまで思い出すのは辛《つら》すぎるというのだ。しかも、被害届を出すだけでも相当な勇気が要ったのに、今度はまた別の人に自分の恥を聞かさなければならないのは、とても耐えられないという。通常、被害者から調書を取るのは、現場の指揮官である主任の役割と相場が決まっている。ただでさえ時間がかかる作業は、ベテランで、質問のツボを心得ている人物が受け持つのが当然のことと思われた。

「阿久っちゃん、ひとつ頼むわ」

だが、米谷キャップは、別段困った様子も見せずに、さらりと言った。

「ガイシャの気持ちだって、分からなくはないからな。彼女、最初に相談に乗ってくれた刑事さんにならら、話してもいいって言ってる。つまり、あんたってわけだ」

阿久津が結婚詐欺《さぎ》を扱ったことがないことは、捜査本部が設置されたときに話してある。だがキャップは、分からないことや足りない点などがあれば、その都度指示するからと言う。阿久津は、あまり気乗りのしないまま、ノートブックパソコンを小脇《こわき》に抱えて、会議室の隣に作られている小部屋に向かうことになった。そこは、窓に格子《こうし》がはまっているわけでもなく、壁も白くて清潔感が漂っており、取調室という雰囲気ではない。むしろ、被疑者以外の人物から話を聞くには、ずっと適していると思われる部屋で、山崎元子は憂鬱《ゆううつ》そうな顔で煙草《たばこ》を吸っていた。阿久津が入っていくと、彼女は半ば拗《す》ねたような曖昧《あいまい》な笑みを浮かべて「どうも」と言った。

「すいませんね、ご足労をおかけして」

阿久津は、元子と向かい合って座ると、机の上にパソコンを置き、上着のボタンを外してリラックスしている雰囲気を出した。元子は、わずかに唇を尖《とが》らせ、右へ左へと首を揺らしながら、あまり時間がないのだと、電話で言ったことを繰り返した。

「お店に遅れるわけに、いかないんですよね。今、歯医者さんに通ってるんですけど、そっちでもまた、結構お金がかかっちゃうし」

「分かってます。ちょっとご面倒かも知れませんが、これから何度かに分けてね、ゆっくり話をうかがっていきますから」

阿久津は、出来るだけさらりと言った。だが元子は即座に「何度か？」と眉《まゆ》をひそめて聞き返してきた。自分で持ち込んできた問題でありながら、明らかに面倒がっている。

——勝手なもんだ。

阿久津は内心で舌打ちをしながら、ひたすら穏やかに頷《うなず》いて見せた。相手は女だ。しかも、哀れな被害者であることに変わりはない。男にだまされて、捨てられた女だ。

「山崎さんも、せっかく勇気を出して被害届を出したんでしょう？　橋口を捕まえたいという気持ちに、変わりはないんですよね？」

山崎元子は相変わらず憂鬱そうな表情で、長い髪をいじりながら、「それは、そうですけど」と頷く。「だけど、一カ月以上も何も言ってきてくれないもんだから、私、もう諦《あきら》めかけてたんですよね」

半ば責めるような口調で言われて、阿久津は、その間に警察は――本当は阿久津一人だったが――山崎元子の被害届を元に調べを進めていたのだと説明した。その結果、どうやら橋口はプロの結婚詐欺師らしいことが分かってきた、ここで元子が捜査に協力してくれれば、必ず捜し出して、逮捕することが出来るだけでなく、裁判に持ち込んでも、有罪に出来るはずなのだと説明した。

「せっかく捕まえたって、証拠が不十分だったら、有罪には出来ません。山崎さんの供述は、重要な証拠になるんですよ」

「――プロだったんですか。あの人って、そういう人だったんですか」

元子は、阿久津の説明など耳に入っていない様子で、表情を強《こわ》ばらせ、唇を噛《か》んだ。

「――そんな男に、だまされるなんて。私だってね、商売柄、そこそこ男を見る目はあったつもりなのに――馬鹿《ばか》、ですよねえ」

「それが、プロなんですよ。橋口は、おそらくあなた以外にも色々な女性から金をだまし取ってるはずです。あなたが協力してくれることで、他の人たちだって、助かるかも知れないんです」

山崎元子は「他の女、ねえ」と言い、深々とため息をついた。唇を噛んだままで、瞳《ひとみ》は遠くを見つめ、彼女はやるせないといった表情で、阿久津の存在さえ忘れているような姿勢を崩さない。

「あの人が、他の女も――」

その表情からは、怒りよりも、切なさや悲しみの方が読み取れる。阿久津は、このホステスは、だまされたと分かった今でも、橋口に未練があるのだろうかと訝《いぶか》しく思った。だが、それが男と女というものかも知れない。そして、そう簡単には割り切れない心のひだに入り込むからこそ、結婚詐欺は悪質なのだと思う。

「じゃあね、取りあえず今日は、あなたが橋口と知り合った状況から、うかがいましょうか。ええと、ちょっと待ってくださいよ」

冴《さ》えない表情のままの山崎元子の前で、阿久津はノートブックパソコンのスイッチを入れた。ピコ、と小さな音がして、中でかたかたと何かが動いている。次いでワープロソフトを立ち上げると、やがて、現れた画面にはカーソルとやらいう■形の印が点滅し始めた。この画面から、今度は供述調書用のフォーマットを呼び出さなければならない。ところが、そのあたりの操作が、阿久津にはどうも苦手なのだ。

「ええと、ですね」

間を持たせようとして、意味もなくそんなことを言い、ちらりと前を見れば、山崎元子は、新しい煙草に手を伸ばしながら、相変わらずうんざりとした顔をしている。この、協力的とは思えない被害者の前で、ぽつぽつと五月雨《さみだれ》式にワープロを叩《たた》いていたのでは、余計に彼女の神経を刺激するかも知れない。第一、阿久津自身、OA機器にはある種の嫌悪感《けんおかん》を抱いているのだ。

「何だか、調子が悪いな。ちょっと待ってくださいよ。ああ、ついでにコーヒーも持ってきましょう」

結局、阿久津は早々とワープロで調書を取ることを諦めて、従来通りの手書きに切り替えることにした。せっかく立ち上げたパソコンのスイッチを切り、いそいそと席を立つ。

「どうしました？」

会議室に戻ると、一人で残っていた小川が不思議そうな顔をした。阿久津は、若い後輩に「コーヒー二つ」とだけ言うと、折り畳み式のテーブルの上にパソコンを置き、供述調書の用紙とペン、訂正用の印鑑に定規を用意した。言われるままにコーヒーを淹《い》れに立った小川は、不思議そうな顔で、こちらを見ている。

「パソコン、調子悪いんですか？」

「なんだかな」

「それ、新しい機種じゃないですか。俺、見てあげましょうか」

小川は、いかにも気軽に言った。捜査員は事務屋ではないと言いながら、最近は彼のように二〇代の若い刑事ばかりではなく、阿久津と同年代、またはもっと年長者でも、パソコンに積極的に取り組んでいる連中が少なくない。彼らは、暇を見つけては、わけの分からない言葉を使いながら、やたらと何かの情報をやりとりしているが、阿久津には、どうにも馴染《なじ》むことが出来なかった。それでも自腹でパソコンを買い込んだのは、格好だけでも乗り遅れたくないという焦《あせ》りと、のろのろと新種の機械に取り組んでいれば、それだけ書類を作成するのにも時間がかかり、取りあえずは懸命に仕事をしているように見えるからだ。

「いいんだ。書き取ってる文字が、相手にも見えた方がいいから。手書きにする。あれ、それより小川くん、どうして残ってるんだ？　狛江《こまえ》署に被害届を出してた女に、会いに行くんじゃなかったのか」

「そのつもりだったんですが、まるで連絡が取れないんですよね。それで、どうなっちゃってるのかなあって」

「職場に連絡してみろよ」

「したんですが、『忙しいから』って、切られちゃって。今、狛江署から誰かに行ってもらおうかなあと思って――」

「馬ぁ鹿、自分で行け！　皆、忙しいんだ、てめえで受け持った事件なんだぞ、手ぇ抜かねえで、動けよっ」

「あ、でも俺――もし何だったら、阿久津さんが取った調書、清書してあげますよ」

「いいんだよっ。俺が調書を取ってる間に、少しでもいいから、野郎を見つけ出す手がかりを探してこいよ」

「じゃあ、あの、コーヒーは」

「淹れてから、行きゃあいいだろうが」

普段は自分がケツを叩かれる立場なのに、行きがかり上、先輩らしいことを言うことになった。小川は、打たれ強い性格なのか、鈍感なのか、けろりとした顔で「はあい」と言っている。最近、こういう若い奴《やつ》が増えてきた、と阿久津はよく仲間と話し合う。仲間内では「小便小僧」と呼んでいるのだが、それは、小便臭いという意味の他に、「カエルの面《つら》に小便」という意味がある。阿久津は、たった四人しかいない本部の一人が、こんな小便小僧で大丈夫なのかと思いながら、山崎元子の待つ小部屋に戻った。ほどなくして、小川が愛想の良い笑みを浮かべながらコーヒーを持ってきた。山崎元子は、また新しい煙草に火を点《つ》けている。相当なヘビースモーカーらしかった。

「さて、じゃあ始めますか。まず、橋口と――今のところ、橋口と呼ぶことにしますがね――橋口と知り合ったときのことから、話してもらえますか。この前うかがったことと、だぶるところもありますが、念のためということで。ええ、いつ頃、どこで、どういうきっかけで、知り合いましたか」

「最初は――去年の、今頃です」

今日の山崎元子は、電話で阿久津に言われた通り、このまま仕事に行けるように用意をしてきた様子だった。ビニール製らしい、光沢のある黒いハーフコートを脱ぐと、下からは深紅のスーツが現れた。ボタン部分は金属で、胸元がVの字に深く切れ込んでいるジャケットの下には、鮮やかな紫色の混ざっているスカーフと、数本のネックレスが見える。化粧も、先月とは違って念入りに施されており、瞼《まぶた》は光沢のある濃い茶色、睫毛《まつげ》はブルーに見えた。唇は、赤というよりも茶色に近い、何とも不思議な色だ。少なくとも、阿久津の感覚からすれば、やはり素人《しろうと》の化粧ではないという感じがする。阿久津はふと、慶子がこんな化粧をしたら、どうだろうかと考えた。このところ、素顔以外を見た記憶がないが、あれだって、外出するときには口紅くらいはつけているはずだ。

「去年の今頃というと、四月頃？　四月の、いつ頃です」

「――お店で『桜フェア』をやってた頃ですから、四月の上旬でしょうね」

彼女は前回にも取り出した手帳を広げ、そこで、思い出したように、「ああ、これ」と言いながら、挟んであった写真を差し出した。阿久津は改めて、橋口の写真を手に取って眺めた。

「これは、犯人を特定するために重要な手がかりになりますんでね、調書に添付することになりますが、お返しした方が、いいですか」

阿久津の言葉に、山崎元子はそっぽを向いて「いいえ」と答えた。

「どうぞ。他にもあったのは、全部、破り捨てたくらいなんですから。もう、見たくもないわ」

吐き捨てるように言いながら、元子は、明らかに苛立《いらだ》った表情で手帳をめくっていたが、やがて大きく頷いた。

「間違い、ありません。『桜フェア』が、四月の一日から十日までだったから、その間です。今もそうですけど、この時期って、送別会とか歓迎会とかが続くでしょう？　うちの店の場合は、二次会、三次会で流れてくるお客様の方が多いですけど、羽目を外して酔う方が、結構いるんですよね」

「なるほどね。そういう頃に、橋口は——」

「お店に、来たんです」

「誰かと一緒に？」

「いえ、一人で」

「最初から、一人で？ お宅の店は、呼び込みなんか、やってるんですか」

阿久津の質問に、元子は心持ち顎《あご》を上に向け、つんと澄ました表情で、そういう店ではないと答えた。そして、店には来ないで欲しいと念を押した上で、『ラウンジ・Q』という店名の入っている、淡い紫色の名刺を取り出す。そこに刷られている名前は、菜央子《なおこ》。それが、店に出るときの山崎元子の名前らしかった。

「最初は、知り合いに紹介されたって、そう言ってました」

そして、菜央子こと山崎元子が隣についた。橋口は、最初はショットでコニャックを数杯飲んだという。パーティーの帰りだということだったが、さほど酔ってはおらず、会話も他愛《たわい》のないものだった。そして、帰りしなにカミュのナポレオン・レゼルべをボトルキープしていったという。

「その、ナポレオン・レゼルべっていうのは、高い酒ですか」

阿久津だって、酒を飲まないわけではない。だが、普段飲むのは焼酎《しょうちゅう》か日本酒、またはバーボン程度で、コニャックとなると、とんと疎《うと》い。山崎元子は、その酒は店では四万円で置いていると言った。

「支払いは？　カードでしたか」

「キャッシュです」

「それから？　次には、いつ現れました」

「二、三日後だったと思います」

「そのときも、一人ですか」

「あの人は、いつも一人で来ました。二度目から、私を指名してくれるようになって、それからは、週に一、二回のペースで来てたと思います」

「その当時、橋口に対して、どういう印象を持ってましたかね」

山崎元子は、自嘲《じちょう》するような笑みを浮かべ、とても良い印象を抱いていたと答えた。金払いは良いし、下品でもなく、いつもほどほどのところで帰っていく。洋服の趣味も洗練されていたし、話題も豊富で、落ち着いた穏やかな人に見えたという。第一、財布や時計など、身の回りの小物が、一目で一流品と分かるものばかりだった。素敵ねと褒めると、「ありがとう」とさり気なく笑うところも嫌味がなく、最初から、そういう品物を持ちつけている人だと思ったのだそうだ。

「その頃、橋口は自分の仕事の話なんか、してましたか」

阿久津が質問すると、山崎元子はこっくりと頷《うなず》いた。

「それまでにも、政治家の知り合いがいるとか、お相撲さんの誰それは友達だとか、そんな話がよく出てたんです。何をしている人かと思って聞いたら、最初は『自由業みたいなものだ』とか言って、笑ってましたけど。そのうち、小さな会社を経営しているんだって、教えてくれました」

半月も過ぎた頃、橋口は、かなり躊躇《ためら》う素振りを見せながら、元子を食事に誘った。『ラウンジ・Q』には、同伴のシステムはないという。そういうシステムがあれば、それを口実に自分の方から誘えるのにとかねがね思っていた元子は、喜んで応じた。最初は、店が終わってから近くの寿司《すし》屋に行き、軽い会話で終わったが、二度目には、店の始まる前に逢《あ》うことになった。

「どんな話をしました？」

「何だか、身の上話みたいなことになったと思います。どうして水商売の道に入ったのかとか、そんな話から、自然に。橋口って、すごく聞き上手なんですよね。大して面白い話でもなかったと思うんですけど、うん、うんって何度も相槌《あいづち》を打って、聞いてくれて」

そして、三度目に逢ったとき、橋口は元子に交際を申し込んできたという。

「そのときは、どう思いました？」

「最初は、断ろうと思いました。だって、橋口は結婚してると思ったんです。私、不倫では懲《こ》りてたし、その話も、彼には聞かせちゃってましたし」

だが橋口は、自分は正真正銘の独身であり、山崎元子の過去についても、まったく気にならないからと言ったという。第一、遊びでつき合うつもりならば、何もこんな場所で正式に言う必要もない、店の帰りにでも、勢いで誘えば済むことだと言われて、元子の心は揺れた。それでも用心深い性格の彼女は、橋口が独身であることを信じられず、「からかわないで」と笑って取り合わなかった。

「それが、どういうことで、気持ちが変わったんです」

「あの人――次に店に来たとき、戸籍謄本《とうほん》を持ってきたんです」

そこには、橋口雄一郎という名前のみが記載されていた。もはや、元子には断る理由が見つからなかった。その上、橋口は自分の気持ちだと言って、ダイヤモンドとルビーをあしらったピンブローチをプレゼントとして用意していた。ずば抜けて美人というわけでも、店のナンバーワンというわけでもない元子にすれば、まさしく降って湧《わ》いたような幸運だった。

「それで、つき合いが始まった、と。正式には、いつ頃のことです」

「四月の末、だったと思います。連休には、一緒に旅行しましたから」

「ほう、旅行ね。どちらへ」

「——箱根です。一泊で」

「すると、その前に、もうある程度の関係になってた、と」

元子は、ちらりと阿久津の顔を見つめると、諦《あきら》めたように力なく頷き、すっかり冷めたコーヒーをすすった。

「最初に男女の関係になったのは、いつです」

「——二度目に、外で逢ったとき」

阿久津は、「ほう?」と小首を傾《かし》げて見せた。

「店の始まる前に逢ったっていう、そのときですか。すると、橋口から正式に交際を申し込まれるよりも先に、その前に、もう肉体関係は出来ていた、と」

「——」

「場所は?　どこでです」

「——ホテル」

「どこの」

「渋谷《しぶや》の」

「ラブホテルですか」

窓の方を向いて頷く山崎元子の横顔は、すっかりふてくされたように見えた。阿久津は、個人的な感想を口にしないように気を配りながら、「渋谷の、ラブホテルね」と繰り返した。

「じゃあ、具体的に言うと四月の中頃、店の外で逢うようになって二回目に、店に出る前なんだから、昼間、渋谷のラブホテルに行ったって、そういうことですかね。それは、どっちが誘ったんです」

「どっちって——何となく、です」

「何となくということは、山崎さんの方から『ホテルに行きたいわ』とか、そんなことを言ったかも知れないわけですか」

「そういう言い方は、してないわ」

今度は、元子は挑戦的な表情になって阿久津を睨《にら》みつけてきた。言いたくないのは分かっているが、話してもらわなければならないのだ。とにかく、橋口との関わりについては、細大洩《も》らさず聞かせてもらわなければならない。

「食事をして、少しウィンドー・ショッピングみたいなことをして、それで、何となく——店に出るまでには、まだ時間もあったし、これからどうしようか、ちょっと休んでいこうか、みたいな感じで」

「なるほどね。それで、どちらからともなく、ホテルに行った、と。じゃあ、三度目に逢った、その、正式に交際を申し込まれたときにも、当然、ホテルには行ったんですね」

今度は、元子はかぶりを振った。その日は、橋口は仕事が忙しく、あまりゆっくり出来ないと言った。何としてでも逢いたくて、時間をやりくりして来たのだと言われて、元子は余計に信頼感を抱いた。元々、昼間からふらふらしている男など信じられないと思っていたからだ。短い間に、橋口は山崎元子に交際を申し込み、断られ、それでも「諦めないよ」と言い残して、笑顔で去っていったという。

「去っていったって、ええと、じゃあ、駅かどこかで別れたんですか」

「彼は、車で来てましたから」

「自分で運転して、ですか。車種は、何でした」

「BMWでした」

「BMW、ね。その車を見たとき、あなた、どう思いました」

「どうって――」

「素敵、とか、格好いい、とか」

「――へえ、と思いました」

「へえ、ですか」

「やっぱり――お金持ちなんだなと、思いましたよね」

ちょうど一年ほど前の出来事を、山崎元子は遠い過去のように語った。昨年の五月の連休には、彼女はBMWの助手席におさまり、金持ちで知性的、社会的地位もある独身の男から、まさしくシンデレラのように扱われていた。そして今年、その男との一部始終を、赤の他人である阿久津に語らなければならない。せめて連休までには、すべてを語り終えてもらいたいものだと思いながら、阿久津は調書を取り続けた。

3

一般の詐欺《さぎ》事件の場合、その捜査要領は、まず捜査方針の決定についで、手口捜査、遺留品等の捜査、ぞう品捜査、容疑者の内偵、追跡捜査、裏付捜査などに分類される。ぞう品捜査とは、俗に、なし割り捜査とも言われ、被害品から犯人に到達しようとする捜査方法のことをいうが、今回の詐欺事件の場合は、現在のところ、容疑者は被害者から金銭のみをだまし取っていると思われることから、ぞう品捜査は、まず不要であると思われた。

また、容疑者の内偵、追跡、裏付等といった作業は、まずは橋口雄一郎を名乗る人物を割り出さなければ、始めようにも始められない。つまり、第一段階とも言える現在のところは、まず必要なのは容疑者を割り出すための手口捜査と、遺留品等の捜査だった。

そこで、山崎元子と同様の手口で被害に遭っている人物が重要な存在になる。警視庁管内で、橋口雄一郎から金をだまし取られたと届け出ているのは、山崎元子の他に、四四歳の新井《あらい》和子《かずこ》、三七歳の吉田邦子の二人がいた。

幼稚園教諭の新井和子は、豊島《としま》区雑司《ぞうし》ケ《や》谷に住んでおり、被害金額は一二〇〇万あまりということだった。彼女からは、山崎元子が持っていたのと同じ、橋口雄一郎の二種類の名刺に加え、スナップ写真が数枚と、旅先の橋口から送られた絵はがきが、証拠品として任意提出された。写真は、犯人を特定する上での重要な手がかりになる。また、絵はがきからは犯人の筆跡と同時に指紋を採取出来る可能性があった。

「これが、橋口か?」

領置した写真そのものは、指紋を検出するために鑑識に持ち込み、接写したものをのぞき込んで、捜査員たちは全員が首を傾《かし》げた。

「違うでしょう、これ、別人じゃないんですか？」

小便小僧の小川が、奇妙に呑気《のんき》に聞こえる素《す》っ頓狂《とんきょう》な声を出した。確かに、そこに写っている橋口雄一郎という男は、山崎元子が提出した写真に写っている人物とは違うように見えた。頭には、既に半分以上白いものが交ざり、その髪を真ん中あたりから分けている。面長の輪郭で、鼻の下には髭《ひげ》をたくわえており、黒っぽい縁の眼鏡をかけていた。

「こういうこと、考えられないですかね。もしかしたら、橋口雄一郎の名前を使って女をだます詐欺グループが存在するのかも知れないって」

小川が、意気込んだ声で言った。阿久津は、キャップや竹花が、どういう返答をするだろうかと思いながら、自分の思いつきに夢中になりかかっている様子の小川を一《いち》瞥《べつ》し、自分も改めて写真を眺めた。

一見して、五〇代の前半くらいに見える男は、一枚の写真ではグリーンのポロシャツに、アイボリーホワイトのブルゾンを羽織り、何となくぼんやりとした表情をしている。もう一枚の写真では、今度はマスタードイエローの地に大きな格子《こうし》縞《じま》が入っているジャケットを着て、こちらはわずかに微笑《ほほえ》んでいた。どちらの写真も、普通のサラリーマンというよりは、ちょっとした芸術家のような雰囲気だ。年齢の割には若々しい、それなりにセンスのある服の趣味をしている。

「何人かの詐欺師が、全員で同じ名前を名乗って、同じ手口で女をだますわけですよ、ね？　その方が、女が訴え出てきたときにでも、身元を割り出されにくいじゃないですか」

「いや、同一人物だな」

小川の思いつきを、いとも簡単にはねのけたのは米谷キャップだった。

「野郎、うまいこと化けていやがるだけだ。髪の毛染めて、髭をそって」

「髪と髭だけで、こんなに雰囲気が変わるもんですかねえ」

小川は「そうかなあ」と、疑わしそうな視線をキャップに送り、口を尖《とが》らせながら写真を見比べている。

「小川の考えは、面白いがな。この手の詐欺師ってえのは、大抵が単独で動くもんなんだ」

「そういえば、顔の輪郭なんかは、同じだもんなあ。どっちが本物かは分からんが、変装してるんだろう」

新井和子本人に会い、写真や絵はがきを受け取ってきた竹花も、両方の写真を見比べて頷《うなず》いている。だが小川は、まだ食い下がりたいらしい。そうかなあ、そうかなあと繰り返しながら、懸命に写真を見比べている。

「吉田邦子が写真を持っていればな。もう少し、的が絞れるかも知れないんだが」

阿久津が言うと、その小川は途端におとなしくなった。少しばかり恨めしげな視線を、阿久津に向かってちらりと投げかけ、今度は彼は、大袈裟《おおげさ》なほどに深々とため息をついた。

「――写真のことは、妹さんに頼んでおきましたから」

吉田邦子は、二月の末に死亡していた。駅のホームから走ってきた電車に飛び込んだのだという。悲惨な最期《さいご》だっただけに、邦子が勤めていた郵便局でも、彼女に関する話題はタブーになっていたらしいが、小川が直接出向いて聞いてきたところでは、遺書のようなものも見つかっておらず、周囲の人たちは、誰もが信じられなかったという話だった。

邦子は東京都下の稲城《いなぎ》市の自宅に住んでいた。母親は既に他界しており、父親は重度のアルツハイマー病で老人専門の病院に入っている。弟と妹がいるが、どちらも家庭を持ち、東京からは離れている。邦子は、かつては五人家族が暮らした家で、ここ何年も、一人暮らしを続けていたということだ。その邦子が突然死亡して、無人となってしまった家を整理するのは、現在は水戸に嫁いでいるという妹の役目になったらしい。

「おまえ、その妹に、何て言ったんだ?」

キャップが、煙草《たばこ》をくわえながら小川を見た。

「いくら妹だって、まさか自分の姉さんが、結婚詐欺の被害に遭ってたなんて、知らねえんだろう? それとも、つき合ってる男がいるとか、近々結婚するつもりだとか、そんな話でも、聞いてたってか」

小川は、唇を尖らせ、わずかに首を傾げて、そういう話は聞いていないようだ、と答えた。

「電話で話しただけですが、未《いま》だにわけが分からないって言ってました。ただ、邦子の持ち物を整理してるうちに、預金通帳が出てきて、去年の秋から冬にかけて、まとまった金額を下ろしてることは分かったようで、一体何に使ったんだろうって、首を傾げてたらしいです」

小川は、憂鬱《ゆううつ》そうな表情のまま、今度は肩をすくめながらため息をつく。

「向こうは、警察から電話が入ったっていうだけで、もう警戒してるんですからね。

自殺だって分かってるのに、どうして今頃になって警察が出てくるんだって思ったみたいで」

「それで、おまえさん、何て言ったんだい」

「ええと――お姉さんとつき合いのあった人を捜してるんですがって――言いましたけど」

小便小僧にしては、まあまあの台詞《せりふ》だ。阿久津は、最近の若い連中に対して、ほとんど理不尽なまでの不信感を抱いている。常日頃から、あいつらに自分たちと同じ神経の通い方がしているとは思えないとさえ感じていた。

「最近のお姉さんの写真で、誰か知らない人と写っているものがないかどうか、あったら、見せてもらいたいと、言っておきました」

キャップは、満足そうな表情で頷いている。まるで、子どものお使いがうまくいったと知った後の親のようだ。

「もっと早く、うちらが動けば良かったんですかね」

小川は、手にしていたボールペンを、指先で器用にくるりと回しながら呟《つぶや》いた。くるり、くるり。その動作と口調とが、奇妙にちぐはぐな印象を与えた。そういうところが、阿久津は嫌なのだ。同じ言葉を使ってはいるが、どこまで真剣に考えているのか、どの程度の思い入れがあって喋《しゃべ》っているのか、どうもよく分からない。

「そうすりゃあ、自殺なんてしなかったのかな」

吉田邦子が狛江《こまえ》署に被害届を出したのは、今年の正月が明けて間もない頃だ。だが、届は受理しても、すぐに捜査に乗り出せないことは珍しくはない。事実、山崎元子が小滝橋署に被害届を出しても、もしも吉田邦子と新井和子から同様の届が出されていなければ、阿久津たちは容易には動き出さなかっただろうし、事件化も困難だっただろう。吉田邦子は、せっかく届を出したものの、その後、警察から何の連絡もないことに苛立《いらだ》ち、絶望し、そして、電車に飛び込んだと想像することは難しくない。だとすると、彼女の真剣さは、相当なものだったということだ。命がけで、橋口との第二の人生を夢見ていたということになる。

「明るくて朗らかで、さっぱりしてて、どっちかっていうと姉御肌の、誰が見ても、自殺するなんていちばん似合わないタイプだったらしいんですよ」

小川のぼやきに答えたのは、今度は竹花だった。

「中途半端《ちゅうとはんぱ》が嫌いで、何事にもはっきりと結論を出したいってタイプだとしたら、良くも悪くも、思い詰めると何をしでかすか分からないってこと、あるだろう」

「だけど、俺らのところの誰かが、せめて連絡くらいしてやってたら、死ななかったかも知れないんですよね」

「それは、考えても仕方のないことだ。俺たちだって、わざと動かなかったわけじゃない。それに、男にだまされたからって、皆が自殺するってもんでもない。そんなことで、自分を責めるような考え方をするのは、見当違いだ。吉田邦子の自殺の原因が、本当に男にだまされたことなんだとしたら、いちばん責任を感じなきゃならんのは、橋口って野郎なんだから」

獅子鼻《しし》で色黒、全体にずんぐりむっくりの肉体派に見える竹花だが、その口調は物静かで、説得力があった。

「——自殺？」

翌日も、約束通りにやってきた山崎元子は、阿久津から吉田邦子の話を聞くと、表情を強《こわ》ばらせた。

「その人も、間違いなく橋口に——あの男にだまされたの？」

「おそらくね。あなたよりも何カ月か前に、他の警察に被害届を出してた人なんだが、山崎さんが持っていたのと同じ名刺を持ってたんだ、橋口雄一郎のね」

連日の警察通いで、やってきた当初は何となく恩着せがましい表情に見えた山崎元子も、さすがに神妙な面もちになった。

「それで、死んだっていうの――」

阿久津は、書きかけの供述調書を開き、前日はどこまで話を聞いたのかを確認しながら、ちらちらと元子を観察していた。彼女は唇を噛《か》み、ため息をついていたが、やがて、天を仰ぎ見るように頭を反らした。

「分からないじゃ、ないわ」

「ということは？　山崎さんも、そんなことを考えたの」

「私は、何があったって自殺しようなんて、考えやしないわよ」

「それを聞いて、安心したよ。死んだら、元も子もないもんな」

「――でも、気持ちは分かる。自分の馬鹿《ばか》さ加減ていうか、それを考えると、もう、いてもたってもいられなくなるのよね」

数日の間に、お互いの口調はずいぶんフランクなものになっていた。杓子《しゃくし》定規な話し方をしても、元子はなかなか態度を和らげなかったし、第一、聞き出さなければならない話の内容からして、あまり窮屈な話し方では、かえっておかしな具合になる。

「馬鹿さ加減、ねえ」

阿久津が呟くと、山崎元子は唇の端をわずかに歪《ゆが》めて、上目遣いにこちらを見た。

「刑事さんだって、本当はそう思ってるんじゃないの？　そんな男にだまされるなんて、何て馬鹿な女なんだって」

阿久津は、反射的に「まさか」と答えながら、さり気なく視線をそらした。口調が打ち解けたからといって、何も本音をさらけ出すこともない。山崎元子は、その阿久津の腹を読んでいるような、諦《あきら》めた微笑みを浮かべて煙草に手を伸ばす。

「で、昨日は、一〇月の末くらいまで、聞いたんだったね。ええと、それまでに、三〇〇万、支払ってる、と」

途端に、元子はふてくされたような表情になった。

「――嫌なことを思い出すっていうのが、こんなにしんどい作業だとは、思わなかったわ」

「まあ、そう言わないでさ。もう少しじゃない」

元子はわざとらしいほどのため息をつき、「分かってるわよ」と言う。こっちだって、何も好き好んで、目の前にいる女と、彼女に言葉巧みに近づいてきた詐欺師《さぎし》とが、いつ頃から何回くらい関係を持ち、その都度、寝物語に何を聞かされたかなどということを知りたいわけではない。

「その頃も、橋口は、相変わらず優しかったかい」

阿久津が質問すると、山崎元子は「そうねえ」と呟きながら煙草の煙を吐き出し、少し考える表情になった後、「大体は、ね」と続けた。

「でも、その頃から、妙に怒りっぽくは、なってたわ」

「怒りっぽく？」

「ちょっと気に入らないことがあると、すぐに怒鳴るのよ。急に顔色が変わってねえ、ひっぱたかれたことも、あった」

「その、ちょっと気に入らないことっていうのは、具体的には、どういうことかね。どんなときに、怒鳴るわけ」

「私が、お金の話をするときが、多かったかしら――だって、私だってそれまでに、三〇〇万以上のお金を出してるわけでしょう？　会社のことだって、少しは気になるわけじゃない。新しいプロジェクトのことだって知りたいし、仕事の状態はどうなのか、知る権利はあると思うわけよね。でも、そういうことを聞こうとすると、『女が仕事に口を挟むな』とか言って、急に怒り出すわけ――ときどきは、そのまま怒って帰っちゃうこともあったけど、でも大抵は、少しして機嫌が直ると、『すまなかった』『痛かったかい』って、それはもう、優しくなるの」

「優しく、ねえ」

「怒ったときの怖さときたら、口では言い表せないくらいよ。まるで別人みたいになっちゃうんだから。一度叩《たた》かれてからは、彼が怒っただけで、また殴られるんじゃないかって思って、もうそれだけで、部屋の隅まで逃げ込むくらいだった」

「そんな男、嫌いにならなかったのかい。別れたいと思ったことは、ないのかね」

「だって――」

山崎元子は、今となっては癖になっているらしいと分かる、いつもの遠くを見る目つきになり、過去を慈《いつく》しむような表情になる。

「あの人、いつでも怒った後は、自分の方が傷ついたみたいな顔になるの。『僕は駄目な男だ、世界でいちばん大切な人を、また傷つけてしまった』なんて言って、それこそ泣きそうになったこともある。それから、まるで赤ん坊でもあやすみたいに、私をよしよしって抱いてくれて、一生懸命になだめて、タオルを冷やしてきてくれたり、それはもう、徹底的に優しくなるのよね」

馬鹿馬鹿しくて、相槌《あいづち》を打つ気にもなれない。阿久津は、俯《うつむ》いたまま「なるほどね」と呟き、調書には「――怒った後には、必ず優しくなるので、そのことで別れようと思ったことはありません」と記した。

現れる度に、必ず違う服を着て、昼から爪《つめ》の色まで変えている、耳元から首、指先まで、いつもきらきらと光る物をぶら下げている山崎元子は、長い髪をいじりながら、なおも拗《す》ねたように身体《からだ》をくねらせている。

「あの人、本当にこっちの気持ちが、じーんとくるようなこと、言うのよね。『世界でただ一人、愛してる女に信じてもらえないのなら、生きてる価値なんかない』とか、『君は何も心配しないで、僕と幸せになることだけを考えていてもらいたい。そんな君を見てるだけで、僕の心は満たされるんだ』とか。そんなことを一度でも言われてごらんなさいよ。ああ、こんなに優しい人を怒らせた、私の方が悪かったんだって、つい、そう思うわ」

「――そんなものかね」

「そんなものよ。まあね、そういう台詞が、似合う男と、似合わない男がいることは、確かだけど」

阿久津は、歯の浮くような台詞を書き留めながら、努めて淡々とした表情を保ち続けていた。すると山崎元子は、半ばむきになって、まるで自分のみならず橋口のことまでかばうような口調になっていく。

「あの人は、とにかく忙しくて、どんなに時間をやりくりしたって、週に一度逢《あ》えるのが、やっとだったのよ。だから、せめて一緒にいられるときは、思いきり二人の時間を楽しもう、何もかも忘れて過ごそうって、あの人は必ず言ったわ」

「何もかも忘れてっていったって、そういう橋口が、必ず金の話を持ち出すんだろう？　あなたに言っていた台詞だって、それは、あなたをだますためのテクニックだったんだっていうこと、忘れてるわけじゃ、ないんだろうね」

まるで水を浴びせかけられたように、山崎元子は驚いた表情になり、それからようやく我に返って、憂鬱そうに「そうよね」と頷《うなず》いた。夢の中で羽ばたいていたい気持ちは、分からないではない。だが、夢はとうに終わったのだ。翼はもがれた。残された道は、橋口と名乗る男を見つけ出して、刑務所へ送ることだけだ。

「——電話が、かかってくるのよね。一緒にいて、鳴らなかったことは一度もないわ。二人でいるときぐらいは、電話に出ないでって頼んだこともあったけど、でも、橋口は必ず電話に出るの」

「電話っていうのは、山崎さんの家に？」

「違うわよ。彼の携帯」

「ああ、携帯電話か——どこからの電話なのかね」

「知らない——いろんな人の名前を出すことがあったけど」

「どんな名前が出てきた？」

山崎元子は、新しい煙草に手を伸ばしながら、しきりに首を傾《かし》げていたが、結局、

「吉川」と「岩下」「宮本」という名前しか思い出すことが出来なかった。その他にも、色々な名前が出てきたことは確からしい。ときには、大蔵省、通産省などの官僚の名前が出てきたり、大学関係の教授の名前が登場したこともあるらしい。阿久津は細かく相槌を打ち続け、山崎元子が口にする名前を書き留めていった。

「それで、山崎さんは、橋口に連絡したいときには、その携帯に電話してたのかね」

「携帯には、電話するなって言われてた。通話料も高いし、携帯は仕事用って決めてるから、鳴っただけで胃が痛くなるんだって」

「番号は、分かるかね」

「知らない。それに、あいつは何種類かの携帯電話を持ってたはずよ。会社のものなんだ、なんて言ってたけど、いくつか、使い分けてたんじゃないかしら」

山崎元子は、自分から連絡したいときには、ポケベルを鳴らすようにと言われていた。だが、常日頃から「忙しい」を連発している橋口の邪魔をしたくないと思ったし、橋口の方からは、一日に最低でも二回は連絡が入ったから、あえてこちらから電話する必要は感じなかったという。

女と逢っているときには、必ず携帯電話が鳴るとすると、橋口の仕事を手伝っている存在がいるということだろうか。小川が考えたように、グループで詐欺を働いていたとは考えにくいが、携帯電話やポケットベルなどという小道具が出回って、詐欺の手口もそれだけ巧妙になってきているということだ。とにかく、早く山崎元子の調書を取り終えて、橋口本人に到達したいものだと考えながら、阿久津はその日も、彼女が店に行くぎりぎりの時間まで、白い小部屋で、香水の匂《にお》いをまき散らしている女と向かい合っていた。

4

とんとんと階段を駆け上がってくる音が聞こえてきた。面白くもない深夜番組を映し出しているテレビを、ただぼんやりと眺めていた橋口は、その音を合図のようにソファーに身を横たえ、腕組みをして目をつぶった。

「お待ちどおさま、すっかり遅くなっちゃって——」

槇登与子の弾んだ声が聞こえても、橋口は目を開けない。上着を脱ぎ、ネクタイを緩めただけの格好で、規則正しく胸を膨らませて、熟睡している表情を作り続けていた。既に午前一時を回っている。

「あら——何だぁ、眠っちゃったの?」

衣擦《きぬず》れの音がして、登与子が近づいてくるのが分かる。やがて、橋口の髪に彼女の手が触れた。酒臭い息が顔にかかって、橋口は、眉《まゆ》をひそめながら寝返りを打つ格好をし、ついでに目を開けた。

「登与子——終わったの」

焦点が合わないほどの距離に、登与子の満月のような顔があった。橋口は再び目を閉じながら、ソファーの脇《わき》に膝《ひざ》をついている登与子を抱き寄せる。

「皺《しわ》になっちゃうわよ。着替えれば良かったのに。雄ちゃんの着替え、買ってあるって言ったでしょう？」

「登与子が出してくれるんじゃなきゃあ、どこにあるのか分からないじゃないか」

酔いも手伝っているのだろう、彼女の身体《からだ》は何の抵抗もせずに、橋口の上に倒れかかってきた。

「こんなに待たせて。ひどい人だな」

「ごめんなさいね、今日に限って、しつこいお客さんが来て、なかなか帰らないものだから。私だって、気が気じゃなかったのよ」

「その客は、登与子に惚《ほ》れてるんだろう」

「馬鹿《ばか》ねえ、そんなんじゃないわよ」

「楽しそうな声が聞こえてきたぞ。僕を一人にさせて、登与子は、その男と楽しんでたんだ」

手探りで登与子の帯締めを解きながら、橋口はわざと嫉妬《しっと》めいた台詞《せりふ》を吐き続けた。

登与子は、喉《のど》の奥を鳴らすようにくっくっと笑いながら「馬鹿ねえ」と言う。

「仕事だもの、仕方がないでしょう？　私の気持ちは、雄ちゃんがいちばんよく知ってるくせに」

「どんな気持ちだ？」

豊満な胸と帯の間にねじ込んである帯揚げを解き、素早く帯を外しながら、もう片方の手を襟元に滑り込ませる。十分に酔っている登与子は、とうに上気させた顔で、上目遣いに橋口を見つめている。橋口は、その顔を見つめ、激しく唇を吸い、そして登与子の名を呼んだ。

「君に、いつまでもこんな商売をさせておけないな」

「――そう？」

「当たり前じゃないか。毎日毎晩、君の仕事が終わるまで、僕はずっと待っていなきゃならないなんて、頭がおかしくなっちゃうよ」

橋口はソファーから身を起こし、彼女を隣に座らせた。帯は解け、しどけない姿になっている登与子は、うっとりとした表情のまま、橋口を見ている。

「お店、やめろっていうの？」

「嫌かい？ ここは人に貸すなり、どうにでも出来るじゃないか」

「やめても、いいの？」

「当たり前だろう。登与子は、僕だけのものじゃなきゃ嫌なんだ。結婚した後も、他の男に愛想を振りまくなんて、冗談じゃないからな」

桜色に上気した肌と潤《うる》んだ瞳《ひとみ》。登与子は、橋口の目から見ても、確実に若返って見える。以前から、さほど老《ふ》け込んだ雰囲気だったわけではないが、橋口という存在が出来てからは、彼女はめざましく潤《うるお》いを取り戻しているようだ。そして、それをいちばん感じているのは、登与子自身に他ならないはずだった。彼女は「嬉《うれ》しい」と言うと、再び橋口にもたれかかってきた。

「私のこと、好き？」

「当たり前のこと、聞くなよ。君のためなら、僕はどんなことだってする。前にも、そう言ったろう？」

「――だったら、お願いがあるの」

「登与子の頼みだったら、何だって」

「——二〇〇万でいいの。都合つかない？」

登与子の肩に手を回した橋口の頭が、そのひと言で急速に回転し始めた。何だって？　この女、今、この俺に何て言いやがった。橋口は、登与子のほつれた髪を撫《な》でながら、「二〇〇万？」と聞き返した。ここは、冷静にならなければならない。的確に判断するための時間を稼ぐのだ。

「お店の、厨房《ちゅうぼう》の方がねえ、ずいぶん古くなってきてるのよ。少しでいいから、手を入れたいと思って」

「店は人に貸せばいいって、今、言ったばかりじゃないか」

「だって、今すぐに、そう出来るわけじゃないんでしょう？　それにね、この建物自体が、あちこち傷《いた》んできてるものだから、外壁だけでも直したいと思ってたの。最近の間借り人は、見た目がよくないと、近寄りもしないんだもの」

「外壁、か」

この女、橋口から金を搾《しぼ》り取る気でいるらしい。夢中になっているように見せかけておいて、そういう魂胆だったのかと思うと、橋口は内心で舌打ちをしたいくらいだった。こともあろうに、こっちの懐《ふところ》具合をあてにするようなカモを引っかけるなんて、やはり、偶然に頼って、勢いで女をカモるのは、リスクが高いという証拠だ。

「私だって、少しは持ってるんだけど、どうしても足りないと思うのよね。このビルは、私の生きてきた証《あかし》みたいなものなの。お店はね、私の子どもなのよ。その子が古びて汚くなっていくなんて、見ていられないじゃない？」

こんな女を旅行などに誘わなかったのは、正解だった。偶然にしろ、登与子には店の仕事があったから、外で逢《あ》うことも、どこかへ出かけることも、これまでに一度もない。唯一《ゆいいつ》、贈り物にした帯留めには多少の金をかけたが、それだけで済んだのは勿《もっ》怪《け》の幸いだ。

「雄ちゃん、私と一緒になるのに、新しいマンションを買うって言ってたわよね？　それ、少しくらい遅れてもいいから。ああ、それにね、今までお店で使った分も、この前、私が貸したお金のことだって、全部、帳消しにするから」

「貸したお金？」

橋口は目をみはった。確かに半月ほど前、一〇万ほどの金を登与子に出させている。だが、どういう場合にしろ、橋口は人から金を「借りる」という感覚を抱いたことは、ただの一度もなかった。第一、「貸してくれ」とは言っていないのだ。橋口はいつでも、「出しておいてくれ」という言い方をするし、返すと言ったことも一度もない。つまり、それだけ正直に生きているということだ。それにしても、たかだか一〇万の金で、二〇〇万を出させようとは、良い度胸ではないか。

「ほら、この前貸したでしょう？　五〇万くらい、ないかって言われて、私、一〇万ならって」

「ああ、あれか。あれは——」

「いいのよ、気にしないで。あの程度のお金、すぐに返せとは言わないから。それに、結婚すれば、お財布はひとつになるんだもの、ねえ」

それは、橋口がよく口にする台詞だった。結婚すれば、財布はひとつになるんだ。もちろん、家庭のことは君に任せるんだから、管理はしっかりしてもらわなきゃ困るがね。よっぽど大きな買い物をするときには、相談してもらいたいが、あとは、君が好きにして、いいんだよ——つい一昨日《おととい》も、その台詞を聞いて目を潤ませていた女がいた。

曽田理恵は、その台詞を聞いて、最後の定期預金を解約した。自分でウェディングドレスを縫うためにに残しておいた、なけなしの金だった。ほどなくして、橋口の預金口座には、四〇万の振込があった。今度は、会社の手形が落ちないと困るという理由だった。数日前にも、橋口は彼女の休みの日を利用してドライブに誘い、世田谷区のはずれに見つけた、かなりの広さの空き地の前まで連れていった。建設計画の表示も立っていない空き地を探すのは、それなりに手間のかかる作業だったが、その効果は絶大なものだった。

「――ここ？　この土地を、買うの？」

ローバーの助手席の窓を開けて、理恵は、更地になっているその土地を、唖然《あぜん》とした表情で眺めていた。橋口は、これだけの広さがあれば、約束通りに桜の木が植えられるし、子どもたちと遊べる程度の庭も確保出来るはずだと答えたものだ。そして、理恵さえ気に入ったら、すぐに手つけを打ってしまいたいから、自分の持ち金に合わせて、君もいくらか出せないかと持ちかけた。理恵は即座に、五〇万ならば払えると答えた。そして、ご丁寧なことに、何もかもを橋口に頼るのではなく、自分も、夫婦の未来設計に多少なりとも協力出来ていると思うだけで、十分に幸せだと言った。まったく、可愛《かわい》い女だ。

「ねえ、雄ちゃん、私の気持ち、分かってくれるんでしょう？　私、雄ちゃんと一緒になれるんなら、それだけでいいの。贅沢《ぜいたく》なマンションなんか買ってくれなくたっていいと思ってるのよ。大切なのは、あなたなのよ、ねえ」

馬鹿なことを言うものではない。橋口は、今や化けの皮の剝《は》がれた登与子の、見るからに狡猾《こうかつ》そうな笑顔を正面から受け止め、それ以上の笑みを返した。

「そうは、いかないさ。マンションは、登与子と僕との新しい人生の門出を祝って、もう買うことに決めてる」

「あら、そうなの？　じゃあ、余裕なんかないっていうこと？」

そこで初めて、登与子は橋口から顔を離した。少しの間に、酔いのさめつつあるらしい彼女の小さな瞳は、これまでとは異なる輝き方をしている。橋口は、わずかに鼻を鳴らして、「そんなはずがないだろう」と言った。

「今のマンションを売るんだから、差額は多くても一五〇〇万ていう程度だ。そんな程度の金額で、どうっていうことはないさ」

「本当なの？」

向こうにすれば、あともう一押しで、橋口に金を出させることが出来ると、意気込んでいるところに違いなかった。

——そんな甘い手口に、こっちが乗るわけがねえだろうが。

今となっては、ただの遣《や》り手婆《てばばあ》のようにしか見えない登与子には、指一本だって触れる気になれない。橋口は、姿勢を変えてソファーにもたれ掛かり、腕組みをした。

「何だったら、私、雄ちゃんのマンションにそのまま住んだって構わないと思ってたのに。新婚旅行だって、地味なもので構わないって」

「たかだか二〇〇万程度の金のことで、マンションから新婚旅行まで、諦《あきら》めなきゃならないとでも思ってるのか。僕が、そんな程度の力しかない男だと？」

橋口の言葉に登与子はさらに瞳を輝かせた。

「だったら、ねえ、いい？　出してもらえる？」

相手の腹が読めたら、あとは、とにかく早く撤退するだけのことだ。だが、橋口にだってプロとしての誇りがある。ここで、すごすごと引き下がるわけにはいかない。とはいえ、相手に夢を売るのが、この商売だ。それこそボランティアのようなものだが、ここは出血大サービスのつもりで、最後まで夢を持たせてやるのも、面白いかも知れなかった。

「いくら僕だって、すぐにとは、いかないだろうがね」

「いつ？　いつ？」

意地汚いこと、この上ない。橋口は、もう少しで嫌悪感《けんおかん》をあらわにしそうなのを懸命にこらえながら、「落ち着きなさい」と穏やかに微笑《ほほえ》んだ。

「前にも話したと思うけど、今、会社の方が新しいプロジェクトにかかってる。そっちの仕事の目処《めど》が立てば、すぐにでも大丈夫なんだがな――ああ、何だったら、厨房だの外壁だのなんて言ってないで、一度、全部内装をいじったら、どうなんだい。どっちみち、そんなに待たされたくはないんだろう？」

登与子は、小さな目を精一杯に見開いて、信じられないという表情になった。

「まあ、店だって綺麗《きれい》にしておけば、そのまま居抜きで貸すっていう方法もあるし、上の部屋も、この際だから、いじれるところはいじればいいよ」

「本当？　実はねえ、間借り人から、衛星放送のアンテナをつけてもらえないかって、言われてるのよ。ほら、うちのベランダからじゃ角度が悪くて、アンテナをつけても受信出来ないんですって」

「それじゃあ、屋上に集合アンテナを立てれば、いいじゃないか」

「そりゃあ、そうだけど。各階にも、アンテナの取り口っていうの？　あれをつけなきゃならないんだもの、そう簡単には、いきはしないわ。それとね、湯沸かし器も換えたいと思ってたの。今のは古くて、場所ばっかりとるもんだから」

「それから？」

「電気の容量も、もう少し増やしたいわ。最近の若い人は、とにかく電化製品が多いんだもの。ああ、でも、何よりも壁と天井を換える方が先かしら。壁紙を新しくして、天井も塗り直せたら、いいわねえ」

「いいよ、この際だから、まとめて直そう」

槙登与子は、もう狂喜乱舞寸前だ。そんな彼女を見つめながら、橋口の中では新たな計算が始まっていた。

「それで、知ってる業者は、いるの」

橋口が聞くと、彼女は既に夢中になっている表情で、業者などはこれから探せば良いと答えた。

「だって、私一人の力じゃあ、当分は工事なんか出来ないと思ってたんだもの。業者のことなんか、とてもとても、考えるところまでいってなかったのよ」

鼻にかかった甘え声で、彼女は「ああ、夢みたい、ああ、嬉しい」と繰り返している。橋口は「仕方がないな」などと鷹揚《おうよう》に笑って見せ、それでは、すぐに見積もりだけでも出させようと言った。

「何だったら、僕の知り合いを紹介するよ。ビルやテナントの内外装を手がけてる男がいる。奥寺《おくでら》っていう男なんだが、彼だったら色々と相談に乗ってくれるはずだ。見積もりも出してくれるだろうし」

「本当？　本当に、出してもらえるの？」

「登与子のためだったら、僕は何でもするって、言ったろう？　ただし、仕事が一段落つかなきゃ、駄目だ。まあ、二、三カ月くらい、先かな。それまでに見積もりを出させて、いじりたいところを考えておけば、案外、ちょうどいいんじゃないか？」

「嬉《うれ》しいっ」

またもや首っ玉にしがみついてきやがる。橋口は、もう二度と触れることもない登与子の背を、嫌々ながら撫でさすってやり、さて、今夜はどうやって、この女を抱かずに済ませようかと考えていた。若くも美しくもなく、しかもクライアントとして失格なのだとしたら、いくらサービス精神旺盛《おうせい》な橋口でも、股間《こかん》の一物が役に立ちそうにない。

「少し、飲ませてくれないかな」

すぐにでも自分で襦袢《じゅばん》の紐《ひも》を解きそうな気配の登与子の耳に、橋口はそう囁《ささや》いた。

「あら、まだ飲むの？」

「君は、客の相手をして飲んでただろうけど、僕はほとんど飲まないで、待ってたんだ。それくらい、いいだろう」

わずかに怒りを含んだ言い方をすると、登与子は即座に身体《からだ》を離し、満面の笑みを浮かべて、「そうよね」と答える。ここで、橋口の機嫌を損ねてはならないと懸命になっているのだ。それに、橋口が怒ったらどうなるか、彼女は身体で覚えている。

「乾杯しましょうよ、ねえ？　ああ、こんなに嬉しいことって、ないわ。ちょっと待ってね。何かつまめるものでも、持ってくるから」

登与子は、薄桃色の襦袢姿で立ち上がり、大きな丸い尻《しり》を振りながら、いそいそと店へ通じる階段へ向かっていった。とんとんと、階段を下りる音を聞きながら、橋口は深々とため息をついていた。

翌朝、橋口は八時前には登与子の家を出た。前の晩、さんざん酒を飲ませて酔い潰《つぶ》した登与子は、橋口が布団《ふとん》から抜け出すのにも、気づきもしなかった。

「あばよ、強突《ごうつく》ばばあ」

朝陽の当たる階段を小走りに下りてから、橋口は吐き捨てるように呟《つぶや》いた。改めて眺めてみれば、確かに登与子の建物は、全体に古びて、所々にひびも入っている。そろそろ外装を補修したいと思うのも、無理はなかった。

――まあ、持ち主と一緒だな。

それにしても、腹の立つ女だ。こともあろうに、この俺から金を取ろうと考えるとは、一〇〇年早いというもんだ。だが、このままで済むと思うな。転んでもただでは起きない、それが、俺のやり方だ。

――今日は、少しばかり忙しくなりそうだ。

登与子の店から五分ほど歩いたところにある、時間貸しの駐車場に停めておいたローバーに乗り込み、自宅へ向かって走らせながら、橋口は、まず曽田理恵の家に電話をかけた。

「どうしたの、こんなに早く」

数回のコールの後で電話をとった理恵は、相手が橋口だと分かると、「もしもし」と言ったときよりもトーンの高い声で言った。

「まだ、寝てたかい」

朝の渋滞のピークだった。橋口は、一日の始まりとも思えないような表情のない顔でハンドルを握るドライバーたちを横目で眺めながら、電話に向かって言った。

「少し前に、起きたところよ――雄一郎さん、もう外にいるの？　これ、携帯でしょう？」

「ああ、実はね、昨日の夜中にシカゴから連絡が入って、これから行くところなんだ。今、成田に向かってる」

「これから行くって――シカゴに？」

携帯電話の不安定な電波に乗って、理恵の声は震えて聞こえた。最後に渡された四〇万で、彼女の蓄えがほとんど底を突いたのは、分かっている。つまり橋口にとっては、彼女は既に無用の存在になったということだった。残された課題は、どういう形で縁を切るか、だ。まさかとは思うが、吉田邦子のように自殺でもされたのでは、たまったものではない。

「そんなに急に？」

「珍しいことじゃ、ないんだ。僕が直接行かないと、話がまとまらないみたいでね」

「それで、いつ戻るの？」

「そんなに時間はかからない。二週間もしたら、帰るよ」

「二週間――そんなに逢《あ》えないの」

「淋《さび》しいかい」

「そりゃあ、そうだわ。シカゴからじゃあ、電話だってもらえないんでしょう？」

「時間があったら、電話するよ。僕は世界中のどこにいたって、理恵のことは忘れないんだからね。いつもいつも、君のことだけ考えてる」

電話の向こうからため息混じりの笑い声が聞こえてくる。さようなら、曽田理恵。これが、君の声の聞き納めだ。

「私だって、いつも考えてるわ――こんなに急なんて、これじゃあ、見送りにも行かれないじゃない」

「それよりね、不動産屋から連絡が入るかも知れないから、聞いておいて欲しいんだ。

君のことは、僕のフィアンセということで、名前も連絡先も教えてあるから」

理恵の声は、わずかに活気を取り戻した。彼女の中では、もう結婚へのカウントダウンが始まっているのだろう。そして、数え続けるのだ。いつまでも寝つけない夜に数える羊のように、一匹ずつ、いつまでも。

「不動産屋さんからね。何ていうところ？」

「丸菱《まるびし》地所の、松田っていう人だ。連絡がなければ、それはそれで構わないからね」

理恵は、橋口の出任せを几帳面《きちょうめん》にメモに取っている様子だった。

「ああ、あのね——」

「うん？　何だい」

「——いいわ。今度逢えたときに、ゆっくり話す」

「じゃあ、一日でも早く、帰ってこられるようにするよ」

それから橋口は、「愛してる」を連発し、土産を楽しみにしていて欲しいと言って、電話を切った。

——合計三九〇万円、か。まあ、額は小さいが、率は良かったな。

地味で堅実で、なかなか可愛《かわい》い娘だった。あの、槇登与子とは段違いだ。一〇万の収穫とは、人に言ったら笑われるような額ではないか。

マンションに帰り着くと、橋口はすぐにパソコンを立ち上げて、槇登与子のデータの脇《わき》に〈一〇万・終了〉と書き込んだ。次いで住所録ソフトを呼び出し、奥寺広和《ひろかず》の名を探す。

「なんだい、こんな朝っぱらから」

電話をかけて橋口が名前を告げると、聞き覚えのある声が、急に親しげな口調になった。

「また、何か欲しい書類でもあるのかい」

「いや、ちょっと、いい話があるんだ。大した儲《もう》けにはならないがな、小遣い稼ぎ程度には、なるんじゃないかと思ってよ」

「珍しいな、あんたが旨《うま》い話を持ってくるなんて」

「嫌なら、いいんだぜ。あんたには、色々と便宜を図ってもらってるからと思って、思い出したんだが」

わざと突き放した言い方をすると、奥寺はすぐに「まあまあ」と言う。

「そう言わないでくれよ。ここんとこ、俺の方も不景気でよ、ちょびっとでもいいから、旨い酒でも飲みてえと思ってたとこなんだ。で、取り分は?」

「四分六ってとこかな。俺が四、あんたが六」

「どれくらい、取れそうだい」

「そりゃあ、あんたの腕次第ってとこだ。細かい話は、逢ってからの方がいい、今夜あたり、どうだい」

登与子に紹介すると言った奥寺とは、かつて刑務所の同じ舎房で臭い飯を食った仲だ。結婚詐欺《さぎ》専門の橋口に対して、奥寺は、偽造有価証券を利用するものから、売りつけ、買受けなど、小道具を利用する詐欺まで、ありとあらゆるものに手を出す男だった。一匹狼《おおかみ》の詐欺師とはいえ、ときには仲間が必要だ。そして、そういう仲間を見つけるには、ムショがいちばん便利だった。

「じゃあ、今夜な」

待ち合わせの時間と場所を決めて電話を切ると、橋口は、とにかく風呂《ふろ》に入ることにした。考えなければならないことは、山ほどあると思う。だが、取りあえずはあの忌々《いまいま》しい槇登与子の匂《にお》いを洗い流し、一方、上客ともいえた曽田理恵との思い出を整理して、ほんの少しだけ感傷に浸り、それから一眠りするつもりだった。ムショ暮らしで慣れているはずなのだが、正直なところ、橋口は傍に他人がいては熟睡できないのだ。自分の大きなベッドで、一人で大の字になって眠る。それこそが、橋口にとっては娑婆《しゃば》にいるときの、最高の贅沢《ぜいたく》かも知れなかった。

5

夜の巷《ちまた》には、板につかないスーツ姿の若者たちが溢《あふ》れていた。ひと頃に比べれば、初々《ういうい》しさという点では、かなり劣る印象があるものの、やはりこの季節になると、今年のこの春を特別な思いで迎えている連中もいるのだと、阿久津は少なからず感慨深い気持ちにさせられる。例年になく寒い春は、桜の花を長持ちさせたが、さすがに四月も末になると、都心では見受けられなくなっていた。

若さと人数にものを言わせて、傍若無人に道幅一杯に広がったまま、石畳の坂道を下りてくる人々に逆らうように、阿久津は細い坂道を上っていた。酔いに任せて大声を張り上げて歩く連中の中には、必ずスーツ姿の板につかない若者がいる。少し前まででは、思い思いのいでたちやヘアースタイルで、世の中に怖いものなどないという顔をして歩き回っていたに違いない連中が、先輩のサラリーマンに混ざって、妙に行儀良く、かしこまった表情で歩く姿は、微笑《ほほえ》ましくも滑稽《こっけい》にも見えた。

やかましい一団が背後に遠ざかり、坂道の途中まで差し掛かったところで、阿久津は石畳を左手に折れた。ほんの少し裏道に入っただけで、人の声は途絶え、闇《やみ》は深くなって、ひっそりと暖簾《のれん》を揺らす小料理屋などに混ざって、普通の民家や銭湯などが立ち並ぶ一角に差し掛かる。メインストリートともいえる坂道は、時代と共に少しずつ表情を変えていくが、その界隈《かいわい》は、五年、一〇年前と比べても、ほとんど代わりばえがしないように思われた。もちろん、陽の光の下で眺めれば、確実に変わっているのかも知れないが、少なくとも、阿久津が眺める夜の風景、街の匂《にお》いは、まるで変わっていない。

やがて、さらにもうひとつ路地を曲がると、二〇メートルほど先に、ぽつりと小さなネオンが瞬《また》いているのが目に入る。阿久津は、迷うことなく『砂浜』と書かれているネオンを目指した。

「よう、久しぶり」

古い三階建てのビルの地下にある店の扉を引くと、カウンターの奥から声がする。阿久津は、薄明るい店内で、グラスを磨いていたらしい男に向かって、軽く手を上げて見せた。学生時代からの友人である浜田《はまだ》は、「しばらく顔を見せないんで、心配してたんだ」と続けた。阿久津は、店内を見回しながら、ゆっくりとカウンターの前に向かった。六人ほど座れるカウンターの他に、テーブルが八つほど並んでいる店は、間接照明の効果で、まるで海の底のような雰囲気が漂っている。そこに、客の姿は見あたらなかった。

「相変わらず、暇そうじゃないか」

「これで、どうして潰《つぶ》れないのか、不思議だろう」

「何か、悪いことでもしてるんじゃねえのか」

「おかげさんでな」

阿久津の憎まれ口を涼しい顔で受け止める浜田は、大学卒業後は一部上場の電気メーカーに就職したのに、どういう理由からか二、三年で会社を辞め、その後はしばらくの間、あらゆる職を転々として、一〇年ほど前に、この『砂浜』を開店した。その間、どういう経緯があったのか、聞いたような聞かなかったような気がするが、取りあえずはそれ以来、阿久津は折を見ては、この街に足を運ぶようになった。

「そっちは。忙しいかい」

「相変わらずだよ」

カウンターに向かって腰掛けると、注文しなくても、飲みかけのボトルと氷が出され、グラスが二つ並ぶ。浜田は、いかにも慣れた手つきで、二つのグラスに氷を落とし、バーボンを注いだ。阿久津が洋酒を飲むのは、この店に来たときくらいのものだ。

「今、何やってんだい」

「詐欺《さぎ》、かな」

さり気なく乾杯の格好をして、阿久津はグラスを口につけた。喉《のど》を熱い液体が下りていくのを感じて、ようやく肩から力が抜けていく。今日も、長い一日だった。

「かみさんは、元気か」

「そっちは」

「うちは、元気さ。遅くなるって、電話してあるのか」

浜田に聞かれて、阿久津は皮肉っぽく唇を歪《ゆが》めながら、このところは仕事が忙しいから、いちいち電話しなくても良いのだと答えた。そういえば、かつての阿久津は、この店にやってきてからも、慶子に電話することが多々あった。下手に連絡せずにいると、ポケットベルを鳴らされたり、片っ端から職場の連中に電話をかけたりするから、そうしないわけにはいかなかったのだ。

「やっと刑事の女房らしくなったってことかね」

「そういうんでもないだろう。呆《あき》れ果てたって言った方が、近いかも知れない」

「やっと呆れられたか。俺なんか、結婚した次の年には、もう呆れられてたがね」

浜田の言葉に、阿久津は、諦《あきら》めたように笑みを浮かべた。どこの家庭にも、それぞれ事情があるらしい。

「詐欺って？　どんなのを追いかけてるんだい」

この店には、音楽が流れていない。浜田は、元々はジャズの好きな男だから、店を始めると知らされた当初は、当然のことながらジャズ・バーになるのだろうと思っていたのに、意外なことに、店内は静寂に包まれていた。その代わりに、客が入れば、人々の会話がさざ波のように広がる。つまり、この店は人々の声が波のように打ち寄せる『砂浜』ということらしかった。

「ブンヤみたいなこと、言わないでくれよ。俺が、そういう話をしないって、分かってるだろう」

「立派なもんだな。ちゃんと訓練されてる」

「人を、犬みたいに言うな」

浜田は、阿久津よりも余程若く見える顔をさらにほころばせ、そんなつもりはないさと答えた。

「だけど、不思議になるじゃないか。あの阿久津が、今や、がっちりガードの堅い刑事になってるなんてさ。てめえの方がいつ捕まるかも分からなかったような男が――」

「おい、浜田」

「そうだろうが。それが、今や階級社会の底辺にいて――」

「底辺じゃない。下から二番目だ」

「同じようなもんだろう。巡査部長か？　いつ、警部補になるんだよ」

阿久津は喉を焼くように感じられるバーボンを飲み下しながら顔をしかめた。

「やめろよ。上司や女房に、ひっきりなしに言われてるんだ。ここに来たときぐらい、階級社会のことは忘れさせてくれ」

浜田は小さな声で笑いながら、それにしても、「あの」阿久津が、今や組織にがんじがらめになりながら、悪人どもを捕まえて歩いてるなどと知ったら、どれだけの旧友たちが驚くだろうかと言った。

「まったく、不思議だよなあ、世の中ってえのは」

「そんなことを言うんなら、おまえだって不思議じゃないか。エリートコースを棒に振って、今じゃ場末のマスターか」

「俺は、その代わりに自由を手に入れたからな。おまえは何を手に入れた？　安定と、怖い女房と、それから？　まさか、権力なんて言うなよ」

小憎らしいことをぽんぽんと言いやがると思いながらも、阿久津は、気持ちがどんどんと解《ほぐ》れていくのを感じていた。仕事仲間と飲んでいても、会話に飛躍は見られない。同じ価値観を持ち、同じ発想のパターンで日々を過ごしているのだから無理もないのだが、そういう連中と過ごす時間が長くなればなるほど、気心が知れている、気楽だと言いながら、自分個人のパーソナリティーそのものが、薄れていく気がするのは否定出来ない。そして、私生活は侵食され尽くし、下手をすれば、残された空間は、不機嫌な女房がふんぞり返っている、あの官舎の一隅だけということにもなりかねない。だからこそ、阿久津は時折、こうして遠回りをしてでも浜田の顔を見に来るのだ。警察官になる前の自分を知っている存在と会い、刑事である前に一個人なのだと思い出すときが、どうしても必要だった。

「もう、ここまできちまったら、そうそう潰しもきかないもんな。もしも刑事をやめるとしたら、おまえ、次にはどんな仕事につける？」

「そうだな——金融ブローカーってとこじゃないか。こう見えても、帳簿には強いから」

浜田は「なるほど」と頷《うなず》き、その方が阿久津には似合っているではないか、などと言って笑った。それも、出来るだけあやしい方が良い。阿久津には、胡散《うさん》臭さが似合っているのだと言われて、阿久津は苦笑しながら「言いたいこと、言いやがって」と応《こた》えた。

「こういう店をやってたら、普段は聞き上手に徹していなきゃならないだろう？　こっちだって、頭を抱えたくなることだってあれば、つい、ため息が出るときだって、毒を撒《ま》きたくなることだってあるんだが、なかなかこっちの話は聞いてもらえないからさ。おまえ、ちょうどいいタイミングで来たよ」

「ああ、ああ。好きなことを言えよ」

阿久津は、満足そうに頷いている浜田を眺め、グラスの中の氷を鳴らしながら、静かに微笑んでいた。浜田という男は、元来が喋《しゃべ》り好きなタイプではない。学生時代から、物静かで目立たないタイプで、そのくせ、周囲の動きをじっと眺めているようなところがあった。今も彼はこの店の、さざめく人の波が打ち寄せる、波打ち際《ぎわ》のようなカウンターの内側にいて、様々な人間模様を眺めているのだろう。

「近頃、誰か来たかい」

「ここのところは、誰も来てないな。ああ、先月、和田が顔を見せたよ」

それから一時間ほど、二人はかつての友人の名前など出しながら、ぽつり、ぽつりと当たり障《さわ》りのない会話を交わした。午前零時も回った頃、阿久津は席を立った。浜田は、特に引き留めようともせず、「またな」と言った。

家に帰り着いたのは、午前一時に近かった。当然のことながら、慶子も直斗も眠っている。新婚の頃などは、居間のテーブルの上に手紙がのっていたこともあったし、数年前までは、直斗もそんな真似《まね》をしていたが、近頃はカップラーメンさえ用意されていなかった。阿久津は、女房を起こさないように気を配りながら風呂《ふろ》に入り、慶子の軽い鼾《いびき》が聞こえてくる寝室へ戻って、ひんやりと冷たい布団《ふとん》にもぐり込んだ。

——後悔したって、始まりゃあしないんだ。

眠りに落ちる前、ふと浜田のことを思い、ついでに学生時代の光景が蘇《よみがえ》ってきて、阿久津はぼんやりと、そんなことを考えた。とにかく今、今を考えるより他はない。そして、この「今」につながる未来の構図を、極力壊さないようにするだけのことだ。間違いは起こさない、アクシデントには巻き込まれない、地道に、安全に生きること、それが、自分の人生だと思った。

6

翌日、いつもの通り会議室に集まった四人の捜査員の手元に、ある人物の人定書と個人カードのコピーが配られた。

「どう思う」

コピーをのぞき込む阿久津たちを見回し、米谷キャップはいつもの淡々とした表情で言った。

　阿久津が山崎元子から供述調書を取っている間に、他の捜査員たちは、元子の供述のウラを取る作業と並行して、自称橋口雄一郎の身元の割り出しに全力を挙げていた。その手口、写真、指紋の他、身体特徴、筆跡鑑定、参考人からの供述などを元にして、あらゆる方向から的を絞り込んでいく作業だ。

　当然のことながら、犯罪歴のある者については、指紋、掌紋が警察に登録されているし、写真も撮ってある。さらに犯罪手口原紙を利用すれば、同一手口、身体特徴、筆跡鑑定の結果などが、すべて分類、保管されている。橋口を名乗る男は、その手口からも、前科前歴があるプロと考えて間違いない。全国規模で見ても、プロの結婚詐《さ》欺《ぎ》師《し》など、そう多いはずがないから、すべてのデータを丹念に探していけば、容疑者を割り出すことは、さほど困難なことではないはずだった。

「こいつか——松川学《まつかわまなぶ》。四二歳」

「へえ、犯罪歴は一三件。こりゃあ、相当なもんですね」

　人定書には、特定の人物の本籍、住所、氏名、生年月日、犯罪歴、家族構成などが記されている。さらに、個人カードの方には、生地や性質、素行、経歴、交友関係などに加えて、指紋番号や人相、身体特徴までも記されているから、その二つを見れば、添付されている顔写真の人物の、ほぼすべてが分かる仕組みになっている。問題は、その写真だった。

「でも――いくら何でも、違いすぎませんか、こりゃあ」

またもや小川が、頓狂《とんきょう》な声を上げた。

「懲《こ》りない奴《やつ》だなあ、もうちょっと、よく見ろよ」

阿久津が言うと、小川は憮然《ぶぜん》とした表情になり、いかにも不服そうに「見てますけど」と口を尖《とが》らす。だが正直を言えば、その写真の男は阿久津も首を傾《かし》げたくなるほど、違う人物に見えた。

「確かに、別人みたいには、見えるわな」

次に口を開いたのは竹花だった。阿久津は、わずかに不安になって、写真とキャップとを見比べた。だが、キャップはしごく淡々とした表情のままで、ゆったりと椅子《いす》に腰掛けている。

「四二っていったって、その歳《とし》には、見えないですよねえ」

写真の男は、一見すると五〇代の半ばくらいに見えた。細面の輪郭で、鼻筋は通っているが、目は落ちくぼみ、口はへの字に曲がっていて、何よりも頭頂部がはげ上がっている。残り少ない髪も強風に吹き飛ばされたかのように乱れており、全体に、いかにも疲れた雰囲気の、風采《ふうさい》の上がらない男にしか見えない。どう見ても、この顔にだまされるような女がいるとは思えないし、無論、山崎元子や新井和子から提出された写真の人物とも、まったくの別人に見えた。

「こうすりゃあ、どうだい」

何枚も複写されている松川学の写真の一枚を手に取ると、キャップはその髪の部分をサインペンで塗りつぶし、眼鏡を描き込んだ。すると、確かに橋口雄一郎に似ていなくもない、という雰囲気になる。

「こういう野郎に限って、ばりっとした服装になると、たいそう立派に見えたりするもんだ。それに、頭のことを言ってるのかも知れんが、そんなもの、今の時代に、どうとでも出来るだろう」

「確かに、目元なんかは橋口と同じじって感じですよね」

「指紋さえ採れてりゃあ、一発だったんですがね」

竹花が、ため息混じりに頷いた。新井和子と山崎元子が提出した名刺、写真、絵はがきからは、いずれも指紋の検出は不可能だった。二人の女は揃《そろ》いも揃って、まるで撫《な》でさするようにして、自分をだました男の思い出を持ち歩いていたと見える。

「まあ、多少手間取るっていう程度のことだ。とにかく、あと何枚か、適当な写真を選んで、ガイシャに見せてみてくれないか。それから、野郎の身体的特徴、な。服に隠れて見えない場所でも、何でもいい、ほくろ、傷跡、痣《あざ》、とにかく何でもいいから、思い出させてくれ」

これで、女たちが写真の人物を橋口だと認めたら、阿久津たちの仕事は、ようやく標的を絞り込めたことになる。実際は、これからの捜査の方が忍耐を必要とするのは分かっていながら、やはり、明確な目標が見えてくると、それだけで、多少なりとも気分は変わるものだ。阿久津は、さっそく山崎元子の自宅に電話を入れた。寝惚《ねぼ》け声で電話に出た元子に、署に来てくれないかと言うと、彼女は、かすれた声で「またなの？」と言った。

「今日は、困るわ。午後から出かけるのよ」

「じゃあ、その前に、ちょっと寄ってもらえませんかね」

だが、元子は今朝方になって眠ったところだから、とてもまだ起きられないと言う。阿久津は、それならばと、自分から山崎元子の住まいに出向くことにした。橋口が、どういう場所で元子と関係を結び、元子に将来の夢を抱かせ、まんまと金を引き出したか、見ておく必要もある。三〇分後に行くからと言うと、元子は受話器を通して深々とため息をつきながら、「分かりました」と答えた。阿久津は、小川を伴い、すぐに小滝橋署を出た。通常は単独で行動することの多い知能犯捜査係だが、一人暮らしの女性を一人で訪ねるのはまずい。

初めて訪れた山崎元子の住まいは、東中野の入り組んだ一帯にあった。古いアパートが複雑に立ち並び、路地は次の路地へとつながって、一瞬、迷路にはまり込んだような印象さえ与える地域だ。小滝橋署の周辺には、このような地域が点在している。戦争で空襲を免れたのか、それは、古い東京の街並みが歳月と共に老朽化し、徐々に住む人が代替わりしたことによって起きたと思われる、狭苦しく雑多な地域だ。統一感も計画性も、街としての景観もあったものではない。そんな町の片隅の、古いモルタル塗装のアパートに、山崎元子は住んでいた。

「ホステスでしょう？　俺らより、よっぽど稼いでるんだろうに、もう少し、ましなところに住めないんですかね」

アパートの階段を上がりながら、小川が小声で言った。

「節約してんだろうよ」

「そうまでして貯《た》めてきた金を、取られたんだ」

阿久津は、山崎元子の前で、そんな無神経なことを言うなよと念を押しながら、錆《さび》の浮いている階段を上りきった。

「本当に、ちょうど三〇分ね」

その日、阿久津は初めて山崎元子の素顔を見た。眉毛《まゆげ》はまるでなく、目は腫《は》れぼったくて、全体に青むくれしているような顔だ。唇の色も悪くて、その素顔は、魔法使いの老婆《ろうば》のような、ある種不気味な印象を与える。

「あんまり見ないで。刑事さんが帰ったら、もう一眠りするつもりなんだから」

電話で叩《たた》き起こされて、彼女は明らかに不機嫌な様子だった。パジャマの上からカーディガンだけを羽織って、阿久津たちを気遣う様子もない。それでも、人目を気にしてか、一応は阿久津たちを部屋に招き入れて、彼女は「それで、何の用」と愛想のない声を出した。

室内は、二畳ほどの台所に四畳半と六畳間があり、和室は仕切りを取り除いて、ワンルームのように使用されていた。ベッドと小さなコタツ、ドレッサーの他には、ビニール製のファンシーケースが三つ並んでいて、部屋の至るところに、中には阿久津も見覚えがある服が散乱していた。小川は、妙に落ち着かない様子で、そんな室内をきょろきょろと見回している。阿久津は、極めて愛想良く「すみませんね」などと繰り返しながら、コタツに向かって座り、背広の内ポケットから五枚の写真を取り出した。

「この中に、橋口雄一郎がいないかと思ってね、是非とも、山崎さんに見て欲しかったんだ」

五人の男の写真を一瞥《いちべつ》して、元子はあからさまに不快そうな顔になった。

「似ても、似つかない人ばかりじゃない」

「そう言わないで、よく見て欲しいんだ」

「結婚まで約束した相手なのよ、忘れるはずがないじゃないよ」

山崎元子は、茶の一杯も出すつもりはないらしく、自分も阿久津の向かいに立て膝《ひざ》をして座ると、人を小馬鹿《こばか》にしたような笑みを口の端に浮かべながら、煙草《たばこ》に手を伸ばす。化粧ポーチやアクセサリー類、未使用の割り箸《ばし》などが散乱しているコタツの上には、口紅のついた吸殻が山盛りになっている灰皿があった。阿久津は、「まあまあ」となだめる笑顔になりながら、灰皿やその他のものを押し退《の》け、元子が突き返してきた五枚の写真を丁寧に並べた。

「それは、分かるけどね、だけど、相手は名うての結婚詐欺師かも知れないんだ。ちょっとぐらい、変装してたっていうことも考えられる。だからね、ようく、見て欲しいんだよ」

それでもなお、山崎元子は疑わしげな表情で、上目遣いに阿久津と写真とを見比べている。そして、煙草の煙と一緒に、相変わらずの恩着せがましい息を吐き出し、いかにも嫌々といった感じで、一枚ずつ、ゆっくりと写真を見始めた。阿久津は、元子の表情の変化を見逃すまいと、黙って素顔の女を見つめていた。やがて、元子の表情が動いた。さほど驚いたという感じではなく、不思議そうな、不安そうな表情になる。

「——この人」

山崎元子は一枚の写真を手に取り、しげしげと眺め始めた。米谷キャップが探し出してきた、松川学の写真だ。

「その人が、どうした」

「——そんなはずはないんだけど、何となく、目元のあたりっていうか——」

「似てるかい、橋口雄一郎に」

山崎元子は、不安そうな顔になって、わずかに唇を尖らせ、首を傾げたままで写真を見つめている。だが、次の瞬間には、気持ちを振り払うかのように、慌《あわ》てて首を振った。そして、額にかかった長い髪を、わざとらしい仕草でかき上げる。そのポーズだけは、化粧をしているときと変わらなかった。

「やっぱり、違うと思うわ。面差しみたいなものは、似てる気もするけど、橋口はもっと若かったし、第一、髪の毛が違うもの。こんなおっさんじゃ——」

そこで、阿久津は上着の内ポケットから、今朝方キャップが髪の毛と眼鏡を描き込んだ方の写真を差し出した。今度は元子の表情は、明らかに硬くなった。

「こうすると、どうかな。似てると思わない？」

「――まさか。これが、あの人なんだとしたら、こういうこと？　あの人は、カツラか何か被《かぶ》って、変装してたって」

「可能性は、あると思うんだ。詳しいことは、これから調べてみないと分からないがね。山崎さんが、この男に間違いないと思うんだったら、我々は、この男について詳しく調べ始めるからね」

山崎元子は悔しそうに唇を嚙《か》んでいたが、やっとという感じで、小さく頷いた。その表情からは明らかに、屈辱が見て取れた。確かに、これが真実の橋口雄一郎なのだとしたら、自分はこんなに冴《さ》えない男にだまされたのかと、改めて嘆きたくもなることだろう。

「――この人、名前は何ていうんですか」

「名前は、まだ言えないがね。橋口雄一郎なんていう名前じゃないことは、確かだ。逮捕歴も前科もたっぷりある、プロの詐欺師だな」

阿久津は、ゆっくりと話しながらさり気なく室内を見回した。確かに、写真の男と目の前の山崎元子とが、この狭いアパートで関係を結び、その上、結婚の約束までして、五八〇万もの金を取られたのかと思うと、何とも気の毒というか、絶望的な気分になるのも無理もないというものだ。

「それでね、山崎さん、橋口の身体的な特徴で、何でもいいから覚えてることがあったら——」

言いかけて元子の方に向き直ると、目の前の元子の瞳《ひとみ》から、涙がこぼれ落ちるところだった。咄嗟《とっさ》に、阿久津は目を逸《そ》らした。見てはならないものを見てしまった気分だった。

人定書および個人カードによれば、松川学は、本籍が東京都渋谷区となっているが、生地は滋賀県高島郡朽木《くつき》村とある。今年で四三歳になろうという男は、工業高校を中退後、自動車修理工を三年ほど続け、その後、パチンコ店店員、喫茶店ウエイター、塗装工見習い、運送会社助手などの職業を転々として現在に至っている。現住所として記載されている北区東十条には妻の澄子《すみこ》が同居しているらしい。

身長一七七センチとあるから、阿久津と同じくらいだ。中肉の男の犯罪歴は、一七歳時から始まっている。その内容は窃盗、横領、詐欺など計一三回にわたるが、そのうち起訴猶予《ゆうよ》および不起訴が六回、罰金三回、そして、懲役が四回となっている。もっとも最近では、四年前に詐欺《さぎ》容疑で逮捕されており、このときは懲役二年の実刑判決を受けている。つまり、多少は刑期が短くなったとしても、松川は、「つい最近」になって、娑婆《しゃば》に戻ってきた男だということだ。

山崎元子は少しの間、声を出さずに涙を流し、やがて、大きく息を吸い込むと、改めて写真を見つめて「こんな男にねえ」と呟《つぶや》いた。

「もう、完璧《かんぺき》におしまいって感じね」

彼女は唇を噛み、やがて、実に不本意だという表情のまま、松川学を橋口雄一郎「かも知れない」と認めて、がっくりと肩を落とした。山崎元子の部屋には、彼女がいつも使っている香水の匂《にお》いが満ちていた。陽当たりは悪いらしく、全体に湿っぽい部屋で、阿久津は雑談をする気にもなれずに、用件が済むと、小川を伴ってそそくさと署へ戻ってきた。

だが、新井和子の方は、松川の写真を見せられても、頑として、これは橋口ではないと言い張ったという。竹花が、髪と眼鏡を描き加えた写真を見せても、孤独な幼稚園の先生は、怒ったように「違います」と繰り返したという話だった。

四人の捜査本部員の中で、意見が二つに分かれた。さっそく全員で手分けして、松川の居所を突き止めるべきだ、いや、見当違いの可能性もあるのだから、せめて一人は別の人物を捜し続けた方が良い、というものだ。反対意見を唱えたのは、若い小川だけだった。キャップが松川に間違いないと言っているのに、自分の意見を押し通そうとする、その怖いもの知らずというか、傍若無人なまでの態度に、阿久津は呆《あき》れ、苛立《いらだ》ちを感じた。

「だって、見間違えるはずがないじゃないですか。自分を抱いた男ですよ。身体《からだ》の隅々まで、知ってるはずでしょう。山崎元子だって、渋々っていう感じだったんですから」

「そりゃあ、この写真を見て、喜んで認める気にはなれんだろうが」

「それにしたってです。松川がホシだとしたら、どう考えたって、カツラか何かを使用してるわけでしょう？　分かりますよ、絶対に」

「最近のカツラは出来がいいって、テレビでも宣伝してるよな。じかに触ってみなけりゃあ、分からないのかも知れないぞ」

今度は竹花が口を開いた。

「詐欺ってえのは、手口が決まりやすいんだよ。まったく同じ手口を使う野郎なんか、そうそういるはずがないんだ。松川の手口が、橋口の手口と同じだっていうことが、何よりの決め手だろう」

髪のことよりも、そのひと言の方が余程説得力がある。そう、髪の毛のことよりも、その手口だ。

「ここで喋《しゃべ》ってたって、埒《らち》は明かんぞ」

それまで黙っていたキャップが、半ば歌うようなのんびりとした口調で言った。

「小川の考えも分からんじゃないが、とにかくまず、松川を洗おうや。野郎にガイシャの言ってた特徴がありさえすりゃあ、的は絞れたことになる」

写真の男に対する印象は分かれたものの、山崎元子と新井和子とは、橋口雄一郎の身体的な特徴として、同じものを挙げた。橋口には盲腸の手術跡があり、さらに、左足の、膝よりも少し上の位置に古い火傷《やけど》の跡があるという。松川学に、その二つの傷跡があれば、間違いなく橋口ということになる。

「花ちゃんは、野郎のムショ仲間と交友関係を当たってくれ。阿久っちゃんは女房と身内、小川は、戸籍関係だな。この本籍地に今も戸籍があるかどうか、調べるんだ」

これから、捜査はいわゆる第二段階に入る。阿久津たちは、それぞれの捜査に必要なデータを手帳に書き写し、めいめいに小滝橋署を後にした。

松川学の女房である松川澄子は、データによれば松川よりも七歳年上ということになっている。つまり、もうすぐ五〇歳だ。五〇にもなる女が、結婚詐欺を本業としている男と、どういう家庭生活を送っているものかと考えながら、阿久津は電車を乗り継ぎ、現住所として記載されている北区の東十条に向かった。ところが、目的の住所にたどり着いてみると、そこは更地になっていた。近所で聞き込んだ結果、以前は古いアパートが建っていたが、一昨年《おととし》の暮れに隣の建物から出火して、そのアパートも類焼したという。

「焼け出された人たちは、どこに行ったか、分かりませんかね」

道幅も狭く、古い民家やアパートの密集している地域だった。一年で、もっとも美しい季節を迎えているはずなのに、小さな緑も見あたらず、全体に灰色っぽく、ひんやりと湿って感じられる界隈《かいわい》だ。阿久津が話を聞こうとした煙草屋の老婆は、店の前のわずかな陽溜《ひだ》まりにぽつりと佇《たたず》んで、まるで小さな雀《すずめ》のような印象を与えた。何もかもが、悲しいほどに煤《すす》けて見える。

「分からないわねえ。この辺りのアパートに住んでるような人は、元々、得体の知れない人が多いんだから」

老婆は、縮緬《ちりめん》のような皺《しわ》に包まれた顔をほとんど動かしもせずに、素気なく答えた。試しに松川という名前を出してみたが、案の定、老婆はアパートの住人の名前など知るはずがないではないかと言った。

「それに、あそこが焼けちゃったのは、一昨年だもの。知ってた人がいたとしたって、忘れちまってるわよ」

「どうですかね。四〇代後半の奥さんと、それより大分若い旦那《だんな》さんの二人暮らしだったと思うんですが、そんな夫婦に、見覚えはないですか」

「だから、分かりませんて。あんた、うちの前をよ、毎日のように二人揃《そろ》って通ってくれてりゃあ、少しは覚えられるかも知れないけど、誰と誰が夫婦だなんて、アパートに住んでる人たちのことを、いちいち分かるはずが、ないじゃあないの」

まるでとりつく島がない。阿久津は、簡単に礼を言うと、老婆《ろうば》の佇む陽溜まりから離れた。かなり人口密度の高い、生活の匂いの強い地域だと思われるのに、道行く人の姿もなく、辺りはひっそりと静まり返っていた。

――有りがたいね。最初から、これか。

橋口雄一郎を捜すために、松川学を捜す。その松川を捜すために、女房を捜さなければならない。こんなことは、さして珍しいことではなかったが、嬉《うれ》しい慣れでもない。阿久津は、かつては松川や、その他の様々な人たちが暮らしていたに違いない場所を眺め、少しの間、周辺を歩き回った。次に何をすべきなのか、すべての段取りは頭に入っている。だが、まずはコーヒーでも飲みたいものだと思った。それも、どうせならばパチンコ台に向かいながら。手元の時計をのぞき込むと、午前十一時半を少し回ったところだ。

——昼休みってことにして。

何しろ、このところ少しばかり、手持ちの金が少なくなっている。小遣いを稼がなければ、仕事の帰りに酒を飲むのもままならないのだ。自分自身にそう言い訳をしながら、阿久津は歩いた。さっきの煙草《たばこ》屋の前の陽溜まりは少し場所を移動させていて、雀のような老婆の姿は見えなくなっていた。

結局二時過ぎまでパチンコをして、収穫の三万円あまりをポケットにねじ込むと、阿久津はようやく松川澄子捜しに戻った。まずは、松川の住んでいたアパートの大家と、不動産業者を突き止める。再び近所に戻って聞き込んだところでは、大家は、火事の前までは近くに住んでいたという話だったが、現在は千葉県の奥の方に引っ込んでしまったという。だが、不動産屋は東十条の商店街にあった。

「松川、松川——ねえ。松川、松川、と」

不動産屋は、腹の突き出した六〇がらみの男だった。狭く埃《ほこり》っぽい店の中を方々捜し回った挙げ句、ようやく、今は焼け落ちてしまっているアパートのファイルを見つけ出して、薄茶のシャツに、ウールのベストを着込んでいる初老の男は、指先を唾《つば》で湿らせながら、綴《と》じられている用紙を一枚ずつめくっていく。

「ああ、松川さんね。ああ、はいはいはい、確かに、あそこのアパートに住んでましたね」

全体に古ぼけて、所々から中のスポンジが顔をのぞかせているビニール張りのソファーに腰を下ろして、ぼんやりと窓に貼《は》られている賃貸アパートやマンションの広告を裏から読んでいた阿久津は、振り返って、店主の手元をのぞき込んだ。確かにそこには「松川学」の名前がある。同居人は、妻、澄子。

「どんな人たちだったか覚えてますかね」

不動産屋は「さあねえ」と嗄《しゃが》れた声を出し、思い出すつもりすらないような顔をしていたが、阿久津が女房は一〇歳近く年上だったはずだと繰り返して言うと、ようやく「ああ、あの人かな」と言った。

「奥さんの方は、覚えてますよ。何だか、暗い感じのねえ、身体の弱そうな人だったんじゃないかな。どっか、近くの工場にパートに出てるみたいだったけどね」

「亭主の方は、どうです」

「旦那の方は、知らないねえ。家賃を払いに来るのも、いつも奥さんの方だったし。確か、余計なことは何ひとつ話さない人だったと思いますよ」

「火事の後、どこに越したかは分かりませんかね」

その後は何を聞いても、不動産屋は首を傾《かし》げるばかりだった。とにかく、あの火事では迷惑を被《こうむ》った、もらい火ほど馬鹿馬鹿《ばかばか》しいものはないというようなことばかり言い続ける店主の話を一〇分ほど聞いてから、阿久津はその古ぼけた不動産屋を後にした。とりあえず、これで松川澄子が東十条にいたことは確認できた。あとは、交番で巡回連絡カードでも見せてもらって、一昨年の火災当時まで、松川澄子がどこでパートをしていたのかを確認するか、または区役所に行くくらいしか方法がない。だが、巡回連絡カードはあくまでも任意で記載されるものだし、パート先まで記載されているかは分からない。せめて住民票ぐらいは、きちんと届け出ていてくれよと祈るような気持ちで、阿久津はまず、駅前の交番に向かって歩き始めた。

7

「やっぱり、肩が、開いてるんだな」

呟《つぶや》くように言うと、コーヒーカップに手を伸ばしかけていた女は驚いたように振り向いた。そして、隣のテーブルにいるのが橋口だと分かると、あからさまに不快そうな顔になる。だが橋口は、笑みひとつ浮かべずに、読んでいた雑誌を片手に持ったまま、女を見つめた。

「スタンスのラインと、肩の線がね、ずれてるんですよ」

女は、半ばうんざりしたような、余計なお世話だという表情を作りつつも、それなりに平静を装《よそお》うつもりらしい。背筋を伸ばすと、気取った手つきでコーヒーを飲み、わざとらしく手元の時計をのぞいたりしている。

「この間も、僕、同じことを言いましたよね。少しは直ってるかと思ったのに、全然だな」

品川にほど近い、ゴルフ練習場のレストルームだった。午後七時半を過ぎて、窓の外には、カクテルライトに照らされた緑色のネットと、一定の方向に飛んでいく白い球が見えている。打席数も多く、都心に位置するこの練習場には、平日の夜は、いかにも勤め帰りのサラリーマンらしい姿が目立った。今日は赤いポロシャツを着ているその女が、週に一、二度のペースでここへ通い、バケツに二杯程度のボールを打って、帰る前には必ずレストルームに寄ってひと息入れることを、橋口はこの数カ月の間に摑《つか》んでいた。最初は、しごく漫然と、数週間前からは、かなり意識的に。

「あのままで、フォームばかりいじっても、駄目だって——」

「失礼ですけど」

橋口の言葉を遮って、女が口を開いた。彼女の声をまともに聞くのは、初めてだ。華奢《きゃしゃ》で小柄な体型にもかかわらず、少しばかり鼻にかかった太い声を出す。白く丸い額と、比較的大きめの口元が印象的な女は、改めて見ると、橋口が見当をつけていた年齢よりも、わずかに年長のようだ。三〇前後だと思っていたのだが、案外、三四、五歳にまでなっているかも知れない。

「あなた、ここの練習場の、レッスンプロの方か何かですか」

挑戦的で、苛立《いらだ》ちを含んだ声と、切れ長の目元との釣り合いが取れている。まるで、この挑みかかるような表情こそが、女の中でいちばん美しい表情かと思われるほどだ。橋口が首を振ると、女はさらに背筋を伸ばし、顎《あご》を引いて、わざとらしく息を吐き出した。

「でしたら、ご親切は有りがたいんですが、放っておいていただけません？　私は私なりの方法で、練習してるんですから。見も知らない方に、あれこれとケチをつけられる筋合いは、ありません」

「ケチなんか、つけてませんよ。ただ、いつお見かけしても、あまり上達なさってないみたいなんでね、あれじゃあ――」

「それが、ケチをつけてるっていうことでしょう？」

女は、橋口をきっと睨《にら》みつけると、二口ほどしか飲んでいないコーヒーを残して、さも不愉快そうに立ち上がった。その素早さに、橋口は少しの間呆気《あつけ》にとられていたが、彼女がレストルームを出るのを見届けてから、自分も後を追った。

「ちょっと」

建物を出たところで女に追いつき、橋口はあくまでも真顔のままで女を呼び止めた。振り向いた彼女の表情は、ますます勝ち気そうな、挑戦的なものになっている。

「そんなに、目くじらを立てることはないでしょう。僕は、ただ親切心で言っただけなんだから」

「それはどうも。ご親切に」

わざとらしく会釈《えしやく》をして見せる。なかなか、鼻っ柱の強い女であることは間違いない。橋口は、そこで初めて余裕のある笑みを浮かべて見せた。こういう女には、下手に出ては逆効果なのだ。

「あなた、ゴルフはお好きですか」

橋口の質問になど、最初から答える必要はないというように、女は苛々《いらいら》とした表情で、「何です、それ」と答える。肩肘《かたひじ》を張れば張るほど、その脆《もろ》さが見えてくることに気づいていないのだろう。橋口は、笑みを崩さないままで、もう一度「お好きですか」と繰り返した。女は、さらに気分を害した様子で、口元を引き締めながら橋口を見上げてきた。

「そんなこと、あなたには関係ないじゃありませんか」

「まあね。だが、プロにでもなろうっていうんならともかく、趣味で楽しむつもりなら、もう少し明るく練習した方が、上達も早いと思うがな」

こういうタイプの女には、食指が動く。落とすまでは多少の努力が必要だろうが、得てしてこの手の女は、一度落ちてしまえば、その後は赤子の手をひねるよりも簡単に金を出す。そういうものだ。

「あなたを見てるとね、何だか、嫌で嫌でたまらないように見えるんですよ。ゴルフなんか、大嫌いっていう風にね」

「――誰かに迷惑でもかけてるっていうんですか」

「そうは言ってません。ただ、どうせやるんなら、楽しくプレーした方がいいと思うから、言ったまでです。見ているだけで、こっちの方が気が滅入《めい》るくらいだ」

「じゃあ、見なきゃいいじゃないですか」

「目立つんだから、仕方がないでしょう。周りに比べて一際《ひときわ》小さな人が、思い切り、なってないフォームで打ってるんだから」

「――――」

「僕は最初、父親に連れられてきた子どもが打ってるのかと思ったくらいだ。だけど、それにしちゃあ、指導する親も見あたらないし、おかしいなと思ってよく見れば、いい大人が、いかにも辛《つら》そうな、つまらなそうな顔でクラブを振り回してる。誰だって、何かあったのかなと思いますよ。最初に僕が声をかけたときだって、いいですか、あなたは気がつかなかったかも知れないが、あなたのすぐ後ろにいた男は、仲間と一緒ににやにや笑いながら、あなたを見てました。いつ、声をかけようか、からかってやろうかって、そんな感じでね」

女は、我慢ならないといった様子で腕組みをすると、視線に力を込めてこちらを睨みつけてくる。

「僕が、さり気なく話しかけなかったら、あなたは絶対におかしな連中にからかわれてたはずだ。そう思ったからこそ、僕は、顔見知りみたいなふりをして、声をかけたんじゃないですか。覚えてますか、僕が何て言ったか。『この前より良くなってるけど、もう少し丁寧にね』って、そう言ったはずですよ。それから、あなたの後ろにいた連中をじろっと見てやった。それで連中は、僕が知り合いかと思って、黙ったんだから」

橋口は、穏やかな表情のままで、そうでしょうと言うように、小首を傾《かし》げて見せた。だが、目の前の女は、まるで興味がないといった表情を崩さない。

「そんなこと、別にあなたにお願いしてません」

「それはそうだが、目についたんだから、仕方がないじゃないですか。何も、礼を言って欲しいっていうんじゃないですがね、こっちは親切で言ってるのに、そういう態度は、失礼だと思うがな」

女はますます苛立った様子で、荒々しく息を吐き出し、「あのねえ」と言いながら、改めて橋口を見上げてきた。

「ずいぶん、ぺらぺらとお話しなさいますけど、私、その手には乗りませんから」

「その手？　どの手だっていうんです」

そこで、橋口はわずかに眉《まゆ》をひそめて見せた。

「分からないな、何を言ってるんだか」

だが女はひるんだ様子も見せずに、そんな橋口の視線を正面から受け止めている。眉間《みけん》に微《かす》かなたて皺《じわ》を寄せて、口元はきつく結ばれ、まるで少女のような体型の女は、一歩でも退《ひ》いたら負けだとでも思っているらしい。橋口は、再び真顔に戻って、やれやれ、とでも言うようにため息をついた。

「あなたが素敵な女性だっていうことは認めますがね、僕は、それほど不自由はしてませんから」

出来るだけ押し殺した声で言うと、女の瞳《ひとみ》がわずかに揺れた。負けん気の向こうの、子どもっぽさ、虚勢に隠れた弱々しさ。だがそれらは、女の年齢が巧みに押し隠す。間違いなく、社会で揉《も》まれて、職場でも勝ち残り、いつしかふてぶてしいほどの強さを身につけてきているタイプだ。

「ただ、いつも見かけるから、僕に出来るアドバイスなら、してあげようかと思っただけじゃないですか。肩のラインがあんなにずれてちゃあ、ゴルフは絶対に上達しない。それに、その癖を直すのは、一人じゃ難しいですからね。多分、グリップにも少し変な癖がある」

女はすっかり鼻白んだ表情になり、今度は口元に皮肉な笑みを浮かべた。

――チャンスか？

ここで、相手が挑戦的になってくれれば、餌《えさ》に食いついたということだ。

「人の親切を、そんな風にしか受け取れないなんて、失礼だが、ずいぶんへそ曲がりなんだな」

「――」

「それとも、男はすべて、自分に興味を持つとでも思ってるんですか。だとしたら、へそ曲がりな上に、少しばかり自惚《うぬぼ》れが強すぎる」

「――――」

橋口は、相手の出方を待った。だが女は、きつく結んだ唇の間から、やっとのことで「失礼」とだけ言うと、くるりときびすを返した。

「僕は、明後日《あさって》、また来るつもりです」

橋口は、内心で慌《あわ》てながら、女の後ろ姿に話しかけた。その場でぽんぽんと言い返してくれれば、それがいちばん有りがたいと思っていたのだ。相手に考える時間を与えては、こちらに有利に働く確率がぐんと下がる。

「良かったら、僕が見てあげますよ。一度だけでも、絶対に変わるはずだ」

女は、うんざりした表情で振り返ると、この上もなくわざとらしい笑顔を作り、ゆっくりと会釈した。

「そんなにご自分の腕前を自慢なさりたいんだったら、誰か他の人を当たってください。へそ曲がりで自惚れの強い私じゃ、とても、いい生徒にはなれそうにもありませんから」

「つまらない意地を張って、下手くそなままでいいんなら、それも結構ですがね」

橋口は、出来るだけ余裕のある態度を崩さずに、だが早口で言った。こういう女は怒らせた方が良いのだ。意地とプライドで、がちがちになっている。必死で自分を守っているくせに、心の底では、誰かから突き崩されることを願っている。自分よりも強い男を、待ち望んでいる。

「少しは、謙虚になってみたらどうなんです。繰り返しますが、僕は、べつにあなたを引っかけようなんて思ってやしないんだから」

女は、再び歩き出した。

「何が何でも、男に頭は下げたくないっていうわけですか。僕から見れば、敵前逃亡だな」

その後ろ姿に、橋口はさらに追い討ちをかけた。だが、今度は彼女は振り返らなかった。肩で風を切るように、わずかに飛び跳ねるような歩調で、橋口から遠ざかっていく。橋口は、少しの間立ち止まって、小さくなる女の後ろ姿を眺め、後を追っていると思われない程度に距離が開いたところで、ゆっくりと歩き始めた。これで引っかかってこなければ、また次のカモを探すまでのことだ。

やがて、橋口が自分のローバーのトランクを開ける頃、駐車場の隅から、一台の赤い国産車が猛スピードで出ていった。ちらりと顔を上げると、運転席には間違いなく、真《ま》っ直《す》ぐに前を見る、あの女が乗っていた。

——ツキってもんも、あるからな。

ここまで言っても食いついてこないのならば、悪戯《いたずら》にあの女を傷つけたことにしかならない。無論その方が、あの女にとってはラッキーだ。今夜のやり取りなど、やがて忘れ去る不愉快な出来事の一つに過ぎないことだろう。だが、それでは橋口の方が困るのだ。

——俺の勘に、狂いはないはずだ。

今のところ、橋口は自分のツキが落ちているとは思っていない。もちろん、槙登与子のような女をカモッてしまったのは失敗だったし、我ながら、そろそろ焼きが回ってきたのだろうかなどと、橋口らしくもない気弱な考えが頭をかすめたりもした。だが、実際にはそれほど手痛い目に遭ったというわけでもないし、次の手は打ってある。

愛車に乗り込み、海岸通りを浜松町に向かって走りながら、橋口は、まず奥寺に電話を入れた。奴《やつ》は今日の昼間、登与子と会っているはずだ。

「あんた、大したもんだな。おばさん、もうのろけっぱなしだったぜ」

既に、もう一杯やっているのかも知れない、受話器の向こうで、奥寺は陽気な声を出した。そして、登与子は店の内装、外壁の補修と塗装だけでなく、さらに上の各階の部屋の全面改修を望んでいると言った。

「いいじゃねえか。きっちり見積もり出してやんなよ」

「もちろん、そうするがな。問題は、あのばばあが、手つけにいくら払うかだ」

「俺が出すと思って、思いっ切り欲の皮を突っ張らかしていやがるんだ。俺が睨んだところじゃあ、あのばばあ、俺なんかから出させる必要もないくらいに、きっちり貯《た》め込んでいやがるはずだ。せいぜい、最高級のカタログを揃《そろ》えて、たっぷり見栄《みえ》を張らしてやりゃあ、いいだろうよ」

「分かってるって。今、揃えてるところだ。だけどよ、金になるまで最低でも二カ月はかかるぜ。その間、あんたまったくあの女に会わないつもりかい、それで、大丈夫なのか」

「その辺は、任しておけよ」

受話器の向こうで、奥寺は「丁寧に図面を引かなきゃな」と、相変わらず上機嫌な声を出した。実際、地道にこつこつと働いていれば、それなりの生活を送れるだけの腕を持っている男だ。それなのに、どうしても旨《うま》い話に乗りたがる、代わりばえのしない日々よりも、スリリングで刺激的な人生を望む。それが。プロの血とでもいうものなのかも知れないが。

「うまくいったら、久しぶりにぱあっとやりてえもんだよな。俺、ハワイにでも行きてえと思ってるんだ」

「今から、浮かれるなよ。何しろ、あんたは有名なデザイナーズショップや、ショールームの内装も手がけてる、一流中の一流ってことに、なってるんだから」

橋口は、笑いながら「分かってるって」と答える奥寺の声を聞き、「頼むぞ」と念を押して電話を切った。続けて、セクレタリー・サービスに電話を入れ、いつもの通り、午後九時に連絡を入れて欲しいと頼んでから、今度は千草に電話をする。数回のコールの後で受話器を取った千草の控え目な声に、橋口は「これから行く」と告げた。

「これから？」

「何だよ、不満？」

「そうじゃないけど——お夕食は？」

「食べるに決まってるじゃないか。二〇分くらいで、着くから」

「——困ったわ、何も、ないのよ」

「どうして」

「昨日から、何だか風邪気味で、具合が良くないものだから——今日は、有り合わせのもので間に合わせようかと思ってたの」

そういわれてみれば、今夜の千草の声は、いつにも増してか細く、弱々しく聞こえる。橋口は「何だよ」と、つい苛立《いらだ》った声を出したが、次の瞬間にはすぐに、「大丈夫なのか」とつけ加えた。ここのところ、彼女には優しい言葉ひとつかけていないことを思い出したのだ。油断は大敵だ。ただでさえ、最近ふさぎ込みがちになっている千草には、もうひと頑張りしてもらうつもりなのだから、こんなときに絶望的になられては困る。

「熱は、それほど高くはないんだけど――やっぱりだるくて、喉《のど》が痛むの」

「じゃあ――今日は、行かない方がいいかな」

「そんな――」

「熱があるんだろう？　僕が行って、あれこれと働かせるのは、可哀想《かわいそう》だ」

「――」

「ああ、やっぱり行くよ、心配だから。君の手を煩《わずら》わせないように、途中で買い物をしてから行く。何か、食べたいものはあるかい。ああ、薬はあるの」

千草は、薬は午前中に医者に行ってもらってきたと言い、小さく咳《せ》き込みながら、遠慮気味に、「お豆腐が食べたいの」と答えた。

「おやすい御用だ。途中で買っていくよ」

何も用意する必要はないから、床に入っているように言うと、千草は素直に「そうさせていただくわ」と答えた。

千草の家は、文京区の白山にある。二〇年近く前に他界したという亭主が遺《のこ》した家は、さほど広くもなく、相当に古ぼけているが、千草は他にアパートを所有していた。その家賃収入があるからこそ、子どもにも恵まれず、既に還暦を過ぎている彼女は、これまでに一度も働きに出たことがないらしい。だが実は、以前は二棟あったアパートは、既に一棟に減っていた。もちろん、橋口のために手放したのだ。彼女は今でも、自分の献身の成果として、橋口が事業を拡大し、地方の都市に新しい事業所が建てられようとしていると、固く信じている。そして、橋口の仕事の目処《めど》が立ちさえすれば、東京から離れて、二人でのんびりと田舎で暮らせると思っているのだ。

豆腐の他にも目についた食料品と、安売りの花束を買い込み、白山の千草の家の前に着くと、橋口は車を止めた。街灯の明かりを頼りに、ルームミラーの角度を変えて自分の顔をのぞき込む。

――おっと、いけねえ、いけねえ。

千草の知っている橋口は、五四歳のロマンスグレーということになっている。ところが鏡に映ったのは、四二歳の、黒々とした豊かな髪を持つ橋口だった。身体《からだ》を捻《ひね》り、後ろの座席に積み込んであるアタッシェケースを摑《つか》んで手元に引き寄せると、橋口は周囲に目を配りながら、ケースを開いた。中には、数点の部分カツラと、様々なデザインの眼鏡が入っている。まるで、それだけで特別な生き物のようにも見える、毛むくじゃらの固まりの中から、最近になって新しくオーダーした、一際《ひときわ》白髪の多い部分カツラを取り出すと、橋口はもう一度周囲、とりわけ千草の家の雨戸が全部閉まっていることを確認してから、自分の頭に手をやった。

——忘れないようにしないとな。明後日もこれを使うって。

本来ならば、一カ月は着脱する必要もないように出来ているカツラを外し、素早く新しいカツラを装着する。橋口の薄毛は、三〇を過ぎた頃、頭頂部から徐々に始まったもので、頭の両脇《りょうわき》と後頭部には、まだ十分に毛が残っている。その、残っている毛を利用して、アタッチメントでカツラを固定するのだ。ただ、このカツラを装着しただけでは、どうしても額の生え際《ぎわ》が不自然になるから、橋口はカツラメーカーのカウンセラーの意見を取り入れて、前髪部分だけはカツラではなく、生えている毛の一本一本に人工毛を結わえつけるという、いわゆる増毛法を取り入れていた。こちらの方は、頭頂部のカツラとは異なり、そのときに応じて勝手に取り外すというわけにはいかないし、二週間に一度程度は、手入れのためにメーカー直営の理髪店に通わなければばならない。煩わしいといえば煩わしいのだが、最初から半分くらいの白髪にしている、その前髪部分が、橋口はとても気に入っていた。ほとんど黒い髪のカツラをつけたときには、そこがアクセントになり、白髪の多いカツラをつければ、それなりに馴《な》染《じ》んでいく。

網目になっているカツラの隙間《すきま》から、ブラシを使って自分の毛を引き出し、さらに、前髪も一緒に丁寧にブラッシングをする。それで、ロマンスグレーの出来上がりだ。

仕上げには、ツーポイントの眼鏡の代わりに、チタンフレームの眼鏡をかければ、鏡に映る顔は、ほんの一、二分の間に、一〇歳以上も老《ふ》け込んで見えた。それが、宮脇千草の知っている橋口雄一郎の顔だ。

「やっぱり、顔色が良くないな」

両手に花束と買い物袋を提げて千草の家の玄関に立った橋口は、迎えに出た千草の顔を見るなり、眉《まゆ》をひそめた。パジャマの肩からカーディガンを羽織っていながら、それでも口紅だけを薄く引いている千草は、弱々しく微笑《ほほえ》んで「ごめんなさいね」と答えた。

「謝るようなことじゃないだろう」

青白く、張りのない顔で、申し訳なさそうに俯《うつむ》く彼女の背を押しながら、橋口は既に勝手を知り尽くしている家に上がり込んだ。

「豆腐を買ってきたから」

「すみません――あなたも、お腹空《なかす》いていらっしゃるんでしょう？」

「いいよ、今夜は僕が用意しよう」

　自分で台所に立とうとする千草を寝室まで連れていき、橋口は、いつになく優しく、彼女を寝かせた。千草は時折咳き込みながら、いかにも心細そうな顔で橋口を見上げてくる。

「――今夜、ゆっくりしていかれるの？」

　この年代になると、ことに体調を崩したときほど心細くなることを、橋口は十分に承知している。熱のせいもあってか、千草の瞳《ひとみ》はわずかに潤《うる》んで見えた。橋口は、彼女の痩《や》せて皮膚のたるみ始めた手を両手で包み込み、ゆっくりと頷《うなず》いた。

「ここのところ、忙しすぎて、ちっともあなたの話を聞いてあげられなかったからね。今日は、ずっと傍にいる。泊まっていくよ」

　千草は、橋口の返答がいかにも意外だというように、わずかに瞳を見開き、それから、小さく頷いた。ただでさえ小さく、細かい皺《しわ》に包まれている素顔の千草は、普段よりも余程ちっぽけに、頼りなく見えた。

第三章　判明

1

松川澄子は、阿久津が警察手帳を見せると、さして驚いた顔もせず、ため息混じりに呟《つぶや》いた。

「また、あの人が、何かしたんですか」

足立《あだち》区内にある、いわゆる下駄《げた》履きアパートだった。共同の玄関には、様々な靴が脱ぎ散らかされており、壁に貼《は》られた「靴は下駄箱へ」という紙は、黄色く変色して剝《は》がれかけている。薄ぼんやりとした電球に照らし出されている、狭くて暗い廊下には、所々に古新聞や雑誌が積み上げられたり、酒瓶が並べられたりしていた。各部屋の扉は、どれも木製の引き戸で、上部に小さな磨《す》りガラスがはめ込まれている。部屋によっては、その引き戸に、世帯主の氏名が書かれた紙が、画鋲《がびょう》で留められていた。

「私は、何も知りませんから。関係、ありませんから」

松川澄子は、戸口に立った阿久津を室内に招き入れる様子もなく、それだけを言うと、くるりと後ろを向いて、部屋の中ほどに置いてあるコタツに向かい、小さな音量でつけてあったテレビを見始めてしまった。引き戸の隙間《すきま》からのぞき込んだところでは、室内は、六畳一間に小さな流し台があるだけの造りだった。コタツのすぐ脇《わき》には布団《ふとん》が敷きっ放しになっており、その周囲には古雑誌などが積まれている。小さな簞《たん》笥《す》以外には、取り立てて家具らしい家具もなく、いかにもひっそりとした室内は、窓ガラスを通して斜めに射《さ》し込んでくる、朱《あか》い夕陽に染められていた。

その住まいを、阿久津は結局、住民票から探し出すことに成功した。松川澄子は、生活保護を受けていた。

「関係ないこと、ないでしょう。ご主人じゃないんですか」

「――」

「どこに行ったか、ご存知じゃないんですか」

「――」

「ずっと、帰ってきてないんですか」

人気のない廊下に立ち、阿久津は戸の隙間から、首だけを室内に突っ込む姿勢で話しかけていた。だが、澄子は振り返らない。その後ろ姿は、五〇歳よりも余程年老いた、老婆《ろうば》のそれに見える。阿久津は、この仕事に取りかかってから初めて、胸の底がわずかに疼《うず》くのを感じていた。

「最後に帰ってきたのは、いつですかね」

「――」

「こっちのアパートに越してから、ですか」

そこでようやく、澄子は振り返った。精も根も尽き果てたといった、何の感情も読み取れない顔をしている。だが、顔立ちそのものには、どことなく知性が漂い、品の良さのようなものさえ感じられた。その顔を見て、阿久津は、彼女自身もまた、松川の被害者に違いないと察した。詐欺《さぎ》は、窃盗などと同様に、直系の血族や配偶者、同居の親族などの間で行われた場合には、処罰の対象にならない。それに、松川のような結婚詐欺師の場合、被害者が金銭をだまし取られたことに気づき、告訴するとでも言い出したら、約束通りに入籍してしまえば、詐欺にはならない。目の前にいる女は、何が何でも結婚してくれなければ、警察に訴え出るとでも言ったのだろう。その結果が、今の姿なのに違いなかった。

「とにかく、知りませんから。私は、関係ないんですから」

繰り返して言う澄子の、落ちくぼんだ生気のない瞳《ひとみ》を見ていると、こちらの方まで絶望的な気分になってくる。この女の人生とは何なのだと、そんなことまで考えたくなってきた。

「前のアパート、火事に遭われたんだそうですね」

「――――」

「最初、東十条に行ったんですがね。大変だったみたいですね」

澄子の表情が、初めて動いた。笑ったのか、顔を歪《ゆが》めたのか分からない。もう長い間、満足に顔の筋肉を動かしてもいないのかも知れない。全体に強《こわ》ばっていて、心情を読み取ることさえ難しい表情だった。

「――あの人、また誰か、女の人をだましたんですか」

阿久津は、どう返答しようかと迷った。この女は、確かに松川の犠牲者に他ならない。だが果たして、彼女が今現在、松川に対してどういう感情を抱いているか、そのあたりになると、容易に判断することは出来ない。何しろ今現在も、たとえ戸籍上だけのことにしても、彼女は松川の女房だ。

「どうせ、そういうことなんでしょう？　だけど、私は知りませんから。あの人がどこに住んでいるのかも、知らないんですから」

「では、最後に会ったのは、いつですか。あなたがここに住んでることは、知ってるんですか」

澄子は、諦《あきら》めたように力なく頷《うなず》いた。そして、ようやく重い口を開き、松川学は、半年か一年に一度、ひょっこりと前触れもなく顔を出すこと、最後にやってきたのは、去年の秋頃だということを語った。松川はその都度、この年上の女房から、なけなしの金を取っていくのだという。

「どうしても、お金がないときだけ、来るんです。私だって、こんな暮らしをしていて、持っているはずがないのに、一万でも二万でも、とにかくあるお金を持っていくんです」

「あなただって、困るんじゃないんですか。そんなお金を渡してしまったら」

澄子は、その質問には答えようとはしなかった。諦めきっている、それに答える気力もないという感じだ。

「火事のときには、松川は、どうしていたんです。そんなときに限って、帰ってきていたんですか？　そうじゃなかったら、どうやってここの、新しい居場所が分かったんですかね」

「――焼け跡に、貼り紙をしてきたんです。ここの住所と名前だけ書いて。そうしたら、越してきて二カ月ほどたってから、やってきました――何の役にも立たない、花束を持って」

普通ならば、これで縁が切れる、これ幸いと逃げ出しても良さそうな場面ではなかったのかと思う。だが、澄子は転居先を書き残してきたのだという。望みを託して。夫を思って。阿久津の中には、何とも割り切れない思いが広がり始めていた。

「結婚されて、どれくらいになります？」

「──六年、ですか」

「じゃあ、松川が何度か逮捕されてるのも、ご存知なわけだ」

澄子は、頷く代わりに、ただため息をついただけだった。そして、阿久津の視線に気づいたように、また顔を歪める。

「どうしてって、お聞きになりたいんでしょう。どうして、そんな男と、いつまでも戸籍だけの夫婦を続けているのか、どうして、さっさと離婚でも何でも、してしまわないのか」

「──」

「もう、ね、気力がなくなったんです。あの人のおかげで、私は、何もかもなくしてしまいました。家も、財産も、親戚《しんせき》も──夢もプライドも。今さら、どうすることも、出来ないんです──生きてるのが、やっと。本当は、死ねた方が楽なのにって、思うんですけれどね」

「そんな、まだ諦めるようなお歳《とし》じゃないでしょう。駄目ですよ、気弱になっちゃあ。死ぬことなんか考えたりしたら」

戸口の隙間から首だけを突っ込んで、口にする台詞《せりふ》にしては、あまりにも陳腐だった。松川澄子は、そんな阿久津を見て、また顔を歪める。それから、初めて気づいたように、やっと阿久津を部屋に招き入れた。阿久津は、必要以上に遠慮する素振りを見せながら、天井の低い、古い部屋に足を踏み入れた。澄子は、コタツに手をついてゆっくりと立ち上がると、流しの脇に置かれている小さなコンロに薬罐《やかん》をかけた。その仕草のひとつひとつも、まさしく老婆のものにしか見えない。

「私、元々身体《からだ》が丈夫じゃなかったものですから――火事に遭う前は、パートに出たりもしていたんですけれど、こっちに越してきてから、どうしても調子が良くなくて、結局、福祉のお世話になってるんです」

中に入って見回してみると、狭い部屋は、それなりに掃除も行き届いていた。布団は敷きっ放しにはなっているものの、埃《ほこり》も見あたらず、唯一《ゆいいつ》の家具ともいえる箪笥の上には、小さな仏壇と、人形などが置かれている。

「松川は――今度は、どういう人をだましたんですか」

湯が沸くのを待つ間、阿久津の前に戻ってきた澄子は再び同じ質問をした。阿久津が曖昧《あいまい》に笑っていると、彼女は「大丈夫ですよ」と言った。

「今さら、驚いたりしませんから」

だが、いつか松川がやってきたときに、彼女が阿久津の来訪について口を噤《つぐ》んでいるという保証は、どこにもなかった。または、松川を責め、なじるという方法で、警察の手が伸びてきていることを察知させる可能性もある。

「松川――ご主人が、そういうことをしたかどうかは、今のところ、はっきりしてないんです。ただね、こういう言い方はしたくありませんが、あの男は、いわゆるプロですから。念のために、居所くらいは摑《つか》んでおきたいもんで」

「じゃあ、まだ何をしたわけでも、ないんですか」

案の定、澄子の表情がわずかに緩んだようだった。女の心は、分からない。すべてを奪われ、こんな場末のアパートで晩年に向かおうとしながら、彼女は未《いま》だに松川を待ち続け、信じようとしているのだろうか。

「今、どこにいるのか、本当にご存知ないんですか」

「知っていたら、すぐにお話しします。私にはどうすることも出来ないんですから、こっちから警察の方にお願いして、連れてきていただきたいくらいです」

「来たら、どうします」

「――」

「離婚でも、しますか」

湯が沸いた。澄子は再び大儀そうに立ち上がり、薄い茶を淹《い》れて戻ってきた。阿久津に茶を勧めながら、彼女は深々とため息をつく。

「もう、籍のことなんか、どうでもいいんです、本当はね」

「だったら――」

「でも、私が籍に入っている限り、あの人は、もう誰のことも、私ほどには傷つけられないでしょう？　そりゃあ、財産は取られるかも知れないけど、こんなにまでされる人は、出ないじゃないですか。私が離婚したいって言ったら、あの人はきっと、二つ返事で判子を押しますよ。でも、それじゃあ、松川の思う壺《つぼ》じゃないですか。だから私は、絶対に離婚しないんです」

「――なるほど」

確かに、そういう考え方もあるかとは思う。それでも阿久津は、目の前の女の言葉をすべて鵜《う》呑《の》みにするつもりにはなれなかった。自分の人生をどぶに捨ててでも、他の女を救おうとする者など、果たしているものかどうかと思うのだ。それは、澄子自身の、自分に対する言い訳なのではないかという気がする。

「今、どこでどうしているのか、見当もつきませんか」

「――分かりません。本当に」

それからしばらくの間、阿久津は澄子が松川と入籍するまでの経緯《いきさつ》について、あれこれと話を聞いた。図書館の司書をしていたという澄子は、何故《なぜ》か縁遠く、気がついたときには三十路《みそじ》も半ばを過ぎていたという。それから、自分なりに縁談を探したり、人に頼んだりもしてみたが、どうしても話はまとまらなかった。四〇歳を過ぎ、どうやらこのまま自分は生涯独身で過ごすことになるのかも知れないと諦めかけた矢先に、松川が現れた。面白味のない日々を、ただ淡々と過ごしていた彼女にとって、松川は「とにかく優しい人」だったと、澄子は言った。「話が楽しく」「聞き上手」で、若いだけに行動力があり、わざとらしいと分かっていながら、つい嬉《うれ》しくなるようなことをしたり、言ったりしてくれたという話をするときだけ、澄子の表情はわずかに輝きを取り戻すように見えた。

松川と澄子の結婚生活は、実質的には一週間も続かなかったという。挙式は、澄子の両親のたっての願いで、福島の澄子の故郷でささやかに行われた。だが当日になって、やってくるはずだった松川の親族は、ただの一人も出席しなかった。奇妙な雰囲気の中で式を挙げ、入籍を済ませて、澄子は、自分の内に広がりつつあった松川への不信感を何とか振り払おうとした。結婚前に、既に澄子は相当な金額を松川に貢《みつ》いでいた。大学の研究員で、時折は雑誌に原稿も書いているという話の松川が、どうしてそんなにも金が必要なのか、澄子にはそのあたりが、どうしても分からなかった。

「それにね、引っ越していっても、身の回りのものしか、なかったんです。おかしいでしょう？　大学の研究員が、本の一冊も持ってこないんですから」

そして、澄子のアパートに松川が転がり込んできた形で始まった生活は、瞬《また》く間に破綻《はたん》した。澄子が留守の間に、松川は彼女の預金通帳と印鑑を持ち出し、そのまま行方をくらましたのだ。なけなしの金を持っていかれて、澄子が途方に暮れていると、二週間も過ぎた頃、松川は笑顔で帰ってきた。そして、涼しい顔で金を出せと言ったという。そのときに、澄子は自分が取り返しのつかない失敗をしたことを、初めて悟った。だが、澄子がいくら責めても、何を聞いても、松川はあくまでも白を切り通した。澄子が感情的になって泣いたり怒鳴ったりすれば、金を受け取らないままでも、ぷいと部屋を出ていき、そのまままた、二、三週間も帰ってこない。

「そのときに、別れようとは思わなかったんですか」

「思わなかったことは、ありません。でも、それこそ両親の手前もありましたし――心のどこかでは、あの人を信じたいって、そう思う気持ちも、あったことは確かです。

そう思わせるようなところが、あの人にはあるんです」

　松川は、手持ちの金がなくなると、澄子の職場にまでやってくるようになった。年下の若い男と、幸福な新婚生活を送っているはずだった澄子は、周囲の目を気にして、職場にも居づらくなった。結局、永年勤めた図書館を辞めた澄子は、それまで暮らしていたアパートの家賃も払えなくなり、安アパートに移り住むより他になくなった。そして、生活は徐々に困窮し、澄子は身の回りのものを片っ端から失っていった。

「今だって、そうです。本当に、何の悪びれた素振りも見せずに、つい昨日も会ったみたいな顔で、笑ってそこに立つんです。こっちは、こんな有り様で暮らしていて、大根一本買うのにも、あれこれと悩んで暮らしてるっていうのに、花束やらケーキやら、ときにはワインなんか持ってきたこともありました。それが、どれも一目で分かる安物でね、そんなもので、私から一万でも二万でも、取っていこうとするんですからねえ」

　澄子は、落ちくぼんだ目で、さっきまで阿久津が立っていた戸口の方をちらりと見る。阿久津は、それならば、さっき自分が扉を叩《たた》いたときには、彼女は松川が来たと思ったのかも知れないと考えた。

　結局、松川と知り合ったおかげで、すべてを失った澄子が、未だに居所の知れない夫を待ち続けていることだけは、間違いない様子だった。

「松川の親戚なんかとは、つき合いはないんですか」

「あるものですか。式のときにも、誰一人として来なかったんですから。私は、声を聞いたこともなければ、名前も知りません」

澄子は、薄い手で小さな茶碗《ちゃわん》を包み込むように持ちながら、弱々しくため息をついた。そして、彼女自身にも、もう既に、頼れる親戚などはいないのだと言った。

「両親には、最後まで嘘《うそ》をつき通しました。両親は、私を信頼してくれていましたから、私の話を疑うわけでもなく、松川の身元を確かめることもせずに、諸手《もろて》を挙げて結婚に賛成してくれました。いき遅れた娘が、やっと結婚するっていうだけで、もう嬉しくてしょうがなかったんでしょう」

六年前と言えば、奴《やつ》はまだ三〇代の半ばということだ。阿久津は、当時の松川の写真はないかと聞いてみた。澄子は、以前は持っていたが、一昨年《おととし》の火事で、何もかも失ってしまったと答えた。

「燃えました、両親の位牌《いはい》も、何もかも。あの人については、将来は大学教授間違いなしだって、そう信じたまま、両親は亡《な》くなったんです。母が亡くなって、その三年後に父が」

そして、家は兄の代になり、澄子の実家とのつき合いは、まったく断たれてしまったらしい。今、澄子が生活保護を受けていることなど、福島の実家ではまったく知らないはずだと、澄子は呟《つぶや》くように言った。

「知っていたとしても、もう、関係ないですけれどね」

最後に、もしも松川が顔を見せたら、是非とも連絡をしてくれるように言い残し、捜査本部に引いてある電話番号をメモした名刺を渡して、阿久津は腰を上げた。既に陽も落ちて、アパートの廊下には深く、冷たい闇《やみ》が迫ってきていた。

小滝橋署に戻る道すがら、阿久津はたった今、目《ま》の当たりにしてきた澄子の住まいと、まるで枯れ木のような印象の澄子の顔ばかりを思い出していた。今回、阿久津たちは間違いなく松川学を刑務所送りにするだろう。そのとき、澄子はどうするのだろう、それでもなお、松川を待ち続けるのだろうか。

――ただ、憐《あわ》れんでばかりもいられないよな。半分は、自分で望んでるようなところが、ある。

そうとでも思わなければ、憂鬱《ゆううつ》でならなかった。高田馬場駅でJRを降りると、阿久津は小滝橋へ向かってゆっくりと歩いた。学生や外国人の多いこの界隈《かいわい》には、季節などお構いなしの生活の匂《にお》いが染《し》み込んでいる。それでも、なだらかな坂道を上り、今風のビルや店の隙間《すきま》に、昔ながらの商店が顔をのぞかせる界隈まで来る頃には、微《かす》かに初夏の香を含んだ夜風が吹き抜けていくのが感じられた。

2

ゴルフ練習場に、女は、やってこなかった。橋口は、彼女に言った通り、二日後も、さらにその三日後も、品川のゴルフ練習場に足を運んだ。夕方の適当な時間から、午後八時頃まで、自分なりのペースで球を打ちながら、周囲に目を配り、それらしい姿を捜し続けた。さらに、行き帰りには駐車場も見回してみたが、例の赤い車は見あたらなかった。

——俺の、見込み違いだったか。

何も、落胆するほどのことではない。だが、久しぶりに食指が動く相手を見つけ、あの女にならば、ある意味で本気になれると思っていたことは確かだ。容易に落ちる女も、それはそれで有りがたい。千草のように、ひたすら耐え忍ぶ女も便利だ。どういう女からでも、金を出させるときのスリルは変わらない。それでも、橋口には橋口なりの、美学のようなものがある。容易には落ちそうにない女を、どう口説くか、どうやって心と身体《からだ》を開かせるか、そして、その後の女の変貌《へんぼう》ぶりを見るときほど、充実感を得られるときはない。

だが、女は現れなかった。橋口にしてみれば、まるで敵前逃亡されたような気分だ。さしあたって、今すぐに金に困っているわけではないが、橋口の中で焦燥感のようなものが蠢《うごめ》いた。

——こんなところで、つまずいていられるかよ。

とにかく、次から次へと新しいクライアントを開拓せずにいられないのが、橋口の性分だった。この商売には、将来の保証がない。今日出来ることは、明日に延ばさないことが大切だ。そして、いかに居心地の良い状態にいるときでも、常に次のことを考えていなければならない。それが苦痛に感じられるくらいならば、こういう商売は向いていない。

——さっさと、気分を入れ替えることだ。

翌日になると、橋口は午前中から行動を開始した。まず、槇登与子に電話を入れる。

「どうしたのよ、ちっとも連絡をくれないで。何回ポケベルを鳴らしたって、ちっとも電話もくれないで」

まだ眠っていたはずなのに、電話に出るなり、登与子は苛立《いらだ》ちを隠さない声で言った。橋口は、東京から離れているから、ポケベルも届かないのだと答えた。容易に納得する様子のない彼女に、今の仕事さえ一段落つけば、すぐにでも結婚に向けて動き出せるのだと言うと、彼女の声は幾分和らぎ、それから一方的に店の内装工事の話をし始める。

「毎日ね、あれこれと考えてるじゃない？　そうすると、奥寺さんにお願いすることでも、後から後から、新しいことが出てくるのよ。そういえば、あの奥寺さんて、いい人ねえ。一見、取っつきにくいかと思ったけど、私が途中から言うことでも、『はい、はい』って聞いてくれるの。やっぱり、雄ちゃんの紹介してくれた人だけあるわねえ、私が一人で探したら、絶対にあんな人に頼めなかったと思うわ」

さっきまでの寝惚《ねぼ》け声からは想像もつかないほど、登与子は早口でまくし立て始めた。こうなると、橋口でもかなないそうにない。

「奥寺さんてば、私のことを、奥さんって、呼ぶのよ。女将《おかみ》さんて呼ばれるのには慣れてるけど、奥さんなんて言われちゃうと、照れ臭いわよねえ」

「それで、いつから工事に入るんだって？」

「八月。ちょうど、お店も暇な時期だし」

それに、間借り人との契約は一件が六月、もう一件は七月には切れる。先方には既に話も済んでいると登与子は言った。

「私は、ほら、あなたのところに行けばいいだけじゃない？　あとは、お得意様に暑中見舞いを兼ねた挨拶状《あいさつじょう》を出すだけ」

橋口は、自分のマンションは手狭なので、登与子の荷物は、一時トランクルームに預ける方が良いだろう、と提案した。もちろん、その業者についても、奥寺に相談すれば、すべてうまくやってくれるに違いないとつけ加えると、登与子は二つ返事で了解した。どうせ二束三文にしかならないだろうが、この際、登与子の家財道具の一切も、金に換えさせてもらおうと、橋口の中では素早い計算が始まっていた。

「とにかく、今の仕事が一段落するまでは、なかなか東京へ戻れそうにないんでね、君の相談にも乗れなくて申し訳ないが、奥寺は信頼できる男だから、彼とよく相談して決めればいいよ」

「本当ね？　このまま話を進めて、いいわけね？」

「何を言ってるんだよ、どうしたの」

「だってねえ、図面が出来て、見積もりが出る頃には、手つけを払わなきゃならないみたいなのよ」

「そりゃあ、当然そうだろうなあ」

「大丈夫、よね？」

「任せておけって。君のためならどんなことでもするって、言ったろう？」

電話を切ってから、登与子の顔と、一見誠実そうに見える奥寺の顔を思い浮かべて、橋口は一人で声を出して笑った。続いて、病み上がりの千草に連絡を入れる。やはり福岡に来ていると言うと、彼女は淋《さび》しげな声で「そう」と言った。

「こっちは、いいよ。空気も綺麗《きれい》だし、食べ物も旨《うま》い。やっぱり、のんびり暮らすんだったら、こっち、こっちの方がいいと思うがな」
二、三日ほど寝込んだだけだったが、千草は自分の健康と将来に大きな不安を抱いた様子だった。以前は、一日も早く橋口と共に東京を離れ、誰も知らない土地で余生を過ごしたいと言っていたのに、一昨日《おととい》、橋口が訪ねていくと、やはり東京に残りたいのだがと、怯《おび》えたような顔で言った。もちろん、橋口が、千草から金を引き出す口実として、福岡に新しくゲームソフト会社の事業所を造ると言ったのを、真に受けてのことだ。
「気がつかなかったんだが、ここのすぐ傍にね、大きな病院がある。車で二〇分ほど行ったところにも大学病院があるしね、地元の人に色々と聞いてみると、人口との比率で考えると、医者の数は、結構多いっていうんだよな」

「——そう？」

「むしろ、電車を乗り継いだり、渋滞にあったりすることがない分だけ、東京より便利かも知れないよ」

橋口は、千草の所有する、もう一棟のアパートも、そろそろ手放させるつもりでいる。ただでさえ、このところ、橋口の態度に徐々に不安を抱き始めているらしく、ふさぎ込むことが増えてきている千草には、そろそろ見切りをつけるときが近づいていると思うからだ。

「でも、私は車の運転も出来ないし——」

「何、言ってるんだ、僕がいるじゃないか。それに、こっちで暮らすようになったとしたって、僕には仕事があるからね。大学の講義もあるし、東京の会社を畳むわけじゃないんだから、こっちとの往復になる。あなただって、僕と一緒に、いつでも東京に戻ってくればいいんだよ」

「それだったら、何も引っ越さなくても、いいんじゃない？」

「何、言ってるんだ。千草が、誰も知らないところで暮らしたいっていうから、僕は、こっちに仕事の本拠地を移そうと思い立ったんじゃないか」

「それは、そうだけど——」

「そうだ。あなたも、一度こっちに来てみればいいんだよな。そうすれば、僕の言ってることが本当だって、すぐに分かる。それに、こんなに空気も景色も綺麗なところに住んでたら、病気なんかしないさ」

「――そうかしら」

「千草、君まさか、僕よりも東京を選ぶなんて言うんじゃないだろうね」

「そうは、言わないけど」

「それともまさか、僕に単身赴任しろって言うのか？　僕が、誰のために、何のために、こんなに必死になって働いてるか、分かってるか？」

「――分かってるわ」

「だったら、少しは嬉《うれ》しそうな声を出してくれよっ。もう、風邪は治ったんだろう？どうして最近、いつもいつも、そんなに陰気な声を出すんだよっ」

世間知らずで気が弱く、臆病《おくびょう》な性格の彼女には、ときには優しく、ときには強気に出るのがいちばん効果的だった。第一、彼女は既に五〇〇〇万以上の金を橋口に貢《みつ》いでいる。橋口自身への執着と共に、それだけの金を払っていることへの意地が、常に女たちを深みにはまらせる。

「私――あなたと、生きられるの？」

やがて、千草はわずかに涙声になり、「怖いのよ」と呟《つぶや》いた。

「私、これであなたを失ったら——どうなるか、分からない——それが、自分でも怖いの」

橋口の二の腕をぞくぞくとする感覚が駆け上がった。まだ寒い季節に、電車に飛び込み自殺した女の面影が、突然浮かび上がってきたのだ。

「——どうして僕が、千草の前からいなくなるようなことを言うんだよ」

それでなくとも陰気な性格の千草が、鉄橋の上に立つ姿を想像して、橋口は、思わず身震いをした。思い詰められては、厄介だ。だが、今すぐに彼女の前から姿を消すには、千草にはまだ、財産がありすぎる。

「僕が、千草なしでは生きられないことぐらい、分からないのか」

「——だって」

若い女よりも始末が悪い。それから橋口は、思いつく限りの言葉を並べて、彼女の気持ちを引き立てることに相当のエネルギーを費やした。

「ああ、声を聞いてると、今すぐにでも逢《あ》いたくなるな。逢って、抱きしめたい」

「——朝から、何を言ってるの。私なんかもう、お婆《ばあ》さんだもの。あなただって、じきに飽きて、若くて綺麗なお嬢さんに目がいくときが——」

「何が、婆さんなものか！」

「────」

「これから、まだまだ二〇年以上、君には青春が待ってるんだぞ」

「──二〇年──平均まで生きれば、そうなるのかしら」

「その月日を、そっくり僕にくれるって、君、そう言ったじゃないか。これからの人生を二人で分かち合おうって」

その言葉が、今の千草にはもっとも効果的だった。結局、彼女は最後には幾分元気を取り戻した声で、「早く帰っていらしてね」と言った。橋口は、東京に戻り次第、飛んでいくからと約束して電話を切った。やれやれ、だ。

取りあえず、今つながっているパイプのケアは済んだ。これからは、新規のクライアント獲得だ。橋口はパソコンを立ち上げると、住所録ソフトを呼び出した。そこには、主だった国会議員の後援会事務所や相撲部屋の電話番号、さらに有名私立大学、地方の名門高校などの同窓会名簿、都道府県人会事務所などが記録されている。そのファイルは、橋口にとって、いわば宝の山だった。これだけの資料があれば、一年中、必ずどこかの団体か政治家がパーティーを開いている。ちょうど、ゴールデンウィークが過ぎたばかりのこの時期は、夏場所を控えて、相撲部屋のパーティーなどが多そうだ。そう目星をつけると、橋口は都内の各相撲部屋に片っ端から電話をかけ始めた。その結果、大方の相撲部屋は、既にパーティーも終わっていたが、それでも今夜は一件、明日は二件の相撲部屋が、それぞれ都内の一流ホテルで後援会主催のパーティーを開くことが分かった。

「――よし」

これで、今日と明日の予定は決まった。相撲部屋のパーティーは、政治家の資金集めとは違うから、当然のことながら誰でもが入れるというわけではない。だが、そんな場所に潜り込むことなど、橋口にとっては、どうということもない。適当な人間の名前を出して、その人物を捜しているとか、フリーライターだと名乗って、取材に来ているふりをするとか、方法はいくらでもある。

「俺は、まだまだ大丈夫だ。ツキは、俺に味方してる」

家賃三八万の室内を歩き回りながら、橋口は幾度となく同じ台詞《せりふ》を繰り返した。

「俺は一流のプロだ。俺には才能がある。俺は、魅力的だ。俺は、ツイてる」

時折、こういうふうになる。別段、何が不安というわけではない。ただ、自分で自分を褒めてやらなければ、いてもたってもいられない気分になるときがあるのだ。今、自分自身を取り囲んでいるすべて、自分が所有しているように思われるすべてが、幻のように消え去ってしまいそうな気分になる。

「俺は、女たちに奉仕してる。女たちに喜ばれてる。女は、相手が俺だから、喜んで俺に金を出す。相手が俺だからだ、俺だから」

再び、吉田邦子の顔が思い浮かんだ。少しばかり下品で、奥歯が見えるほどに大口を開けて笑う女だった。妹と弟の世話を焼いているうちに、いき遅れてしまった、病気の父親の世話をしているうちに売れ残ってしまったと、突然大粒の涙を流して、びしょびしょと泣く女だった。だが、泣いた後にはけろりとして、とてもではないが、飛び込み自殺をするようなタイプには見えなかった。何があっても生き残るように見えたあの女のどこに、そんなに弱々しい部分があったのだろうか。

「冗談じゃねえ。俺のせいなんかじゃ、ねえんだ。俺を恨んでるとしたら、そりゃあ、筋違いってヤツだ」

長い間、どんな男にも相手にされなかったような邦子に、一時でも良い思いをさせてやったのではないか。行ったこともないところに連れていってやり、憧《あこが》れていたという店に入り、旨いものを食わせた。人の肌の温《ぬく》もりを教えてやり、化粧をしたり、お洒落《しゃれ》をする楽しさを思い出させてやったのだ。そのおかげで、橋口が目をつけた当初は、全体に脂気《あぶらけ》もなく、何をするにも刺々《とげとげ》しく見えたあの女が、最終的には見違えるほどになった。授業料は、確かに安くはなかったかも知れないが、橋口とのことを教訓にすれば、まだまだ捨てたものでもなかったはずだ。明るい未来が開ける可能性だって、大きかったはずなのだ。

「俺のせいじゃない。俺は俺の仕事に徹してるだけだ。死ぬような真似《まね》をする、女の方が馬鹿《ばか》なんだ。馬鹿だから、俺にだまされるんだ」

その夜、橋口は意気揚々とパーティーへ出かけていった。あれこれと考えた挙げ句、紺色の三つボタンジャケットに、チャコールグレーのパンツ、薄いブルーのボタンダウンシャツ、鮮やかなグリーンとブルー、ホワイトに、アクセントとしてオレンジの入っているストライプのネクタイを締め、カンガルー革のスリッポンという、一見カジュアル・フライデーといった雰囲気の服装で決めてみた。髪は、一割ほどの白髪が交ざっているカツラを選んだ。いかにも身軽に、仕事の帰りに少し寄り道をしているような雰囲気で、橋口はまんまと受付前を通過した。堂々と笑顔で歩く人間に、不審の念を抱く者など、そういるものではない。手洗いにでも行って戻ってきたような顔で、橋口はするりとパーティー会場に滑り込んだ。

「――まずは、勝ち越しを目指して、頑張りたいと思います」

広々とした会場だった。正面のステージには、金屏風《きんびょうぶ》をバックにその部屋の相撲取りがころころと並んで、一人一人が挨拶《あいさつ》をしているところらしい。さすがに、角界でも五本の指に入る大所帯というだけはある。会場全体が華やかな活気に満ちて、それぞれにグラスを持って漂う客たちの中にも、芸能人やスポーツ選手、政治家などの姿が見受けられた。

「今場所は、膝《ひざ》の調子もいいみたいなんで、十両昇進を目標に、頑張りたいです」

橋口は、いかにも慣れた仕草で、ボーイの差し出すトレイから、水割りの注がれたグラスを受け取り、まずは、さり気なく周囲を見回しながら、ゆっくりと人の間を歩き始めた。

少人数のパーティーも困るが、あまりに盛大なパーティーも、物色するのに時間がかかる。だが、そこは慣れたものだった。極彩色に着飾っている女たちの中から、一人でテーブルの前から離れずに、ひたすら料理を取っている女、わずかに硬い表情、神妙な面もちで、相撲取りたちの面白くもない挨拶に耳を傾けている女を探す。この際、服装や顔立ち、年齢などは関係ない。結婚指輪をしておらず、手荒れもしていない女ならば、あとは、長年培《つちか》ってきた勘に頼るのがいちばんだ。

——さあ、出てこい、出てこい。俺の前に姿を見せろ。

一〇分もたった頃、一人の女が目に留まった。歳《とし》の頃は四〇代の前半か、和服の着こなし、化粧、髪の結い方からして、一目で水商売と分かる女だ。何となく物欲しげな目で周囲を見回しながら、かなりのピッチで酒を飲んでいる。橋口は、しばらくの間、その女を観察することにした。近づくチャンスがあるようならば、二言、三言話しかけ、相手の反応を見て、雑談に持ち込む。その段階で、女の方が自分の背景を匂《にお》わせるばかりでなく、橋口にも興味を持つようならば、脈があるということだ。

「今場所は、どうですかね」

女のグラスが空になったところで、橋口は新しい水割りのグラスを手に、素早く彼女に近づいて話しかけた。女は一瞬、驚いた表情になったが、すぐに「どうも」と自信たっぷりの笑顔になる。特別に美人というわけでもないが、それなりに男好きのする顔立ちだ。だが、その表情に余裕があるのを見て取ると、橋口の気持ちは急速に萎《な》えた。男に不自由していない女には、用はない。

「よく、お見えになりますの？」

女の方が話しかけてくる。

「特に、どなたかとお親しいのかしら」

「ああ、親方とね」

橋口は、適当に答えながら、すぐに別の標的を探し始めた。案の定、少し立ち話をしていると、初老の男が近づいてきた。

「どこに、行ってたのよ。こんなに人が多いんだもの、分からなくなっちゃうじゃないの」

途端に、女は拗《す》ねた表情で男を軽く睨《にら》んでいる。橋口は、頭のはげ上がった、いかにも艶福家《えんぷくか》然としている男に軽く会釈《えしゃく》をすると、すぐに人混みに紛れた。

――俺はまだ、あそこまではげちゃ、いないぞ。

それからさらに、二、三人の女に目をつけたが、いずれも連れがいたり、左手の薬指に指輪が光っていたりと、どうも今ひとつぴんとくる相手が見つからない。橋口は、ひょっとすると、今日は誰にも当たらないのだろうかと思いながら、どこへ行っても代わりばえのしないホテルのパーティー料理をつまんでいた。

ちょうど、小エビのカクテルに手を伸ばしたときだった。背後で「あら」と声がした。振り返ると、赤いワンピースを着て、胸元には大胆なデザインのブローチを輝かせている女が、小首を傾《かし》げて橋口を見上げている。そして、しげしげとこちらを見つめた挙げ句、嬉しそうな笑みを浮かべて、「やっぱり」と言った。

「こんなところで、お目にかかるなんて」

橋口は、片手で首の後ろをかきながら「ええと」とごまかす笑みを浮かべた。誰だ。

まさか、以前に関わりを持った女だとも思えないが、頭の中で、過去の女たちが目まぐるしく駆け巡った。だが女は、そんな橋口を見上げながら、小さく微笑《ほほえ》む。

「お分かりに、なりませんか？ でも、そんなものかしら」

二〇代の後半というところだろう。面長で、ぺしゃりとした顔立ちの、比較的長身の女だ。服の趣味も悪くはないし、ブローチもなかなか高価に見えるが、どうも、その地味な顔立ちが、こういうパーティーの席には似つかわしくない。

「最近は、あまりお見えになりませんよね。プレゼントされるものを、変えたんですか？」

「あ――ああ。確か、君は」

そこで、橋口は初めて女を思い出した。

「思い出しました？」

「何だ、見違えちゃったな。あなた、いつもは地味なスーツでしょう？ 髪型も違うから」

途端に橋口は笑顔になった。いつも、女たちに贈るアクセサリーを買う店にいる店員だ。普段は短い前髪を残して、あとの髪は後ろでひとつにまとめているから、まさか、こんなに髪の長い女だとは思っていなかった。

「店では、商品を引き立たせるような格好でいるようにって、言われてるんです」

女は、肩をすくめて、くすりと笑った。橋口は、しきりに驚いた表情をして見せ、彼女をしげしげと眺め続けた。恥ずかしげに目を伏せる彼女を見ていて、橋口は「なんだ」と思った。ターゲットは、案外近くにいたのかも知れない。

「相撲が、好きなんですか」

「実は、あまりよく知らないんです。知り合いに誘われて、面白そうなんで来てみたんですけれど」

「その、お知り合いは？」

彼女は、そこで小さくため息をついた。ここへ来るなり携帯電話で呼び出されて、連れは大急ぎで仕事に戻ってしまったのだという。その連れについて聞いてみると、彼女は何のためらいも見せずに、スタイリストをしている年上の女性だと答えた。

「じゃあ、一人ぼっちにされたんですか。そりゃあ、気の毒だな——ええと、失礼ですが、僕、お名前を聞いていたかな」

橋口の質問に、彼女は急いで小さなポシェットから名刺を取り出した。

「貝谷《かいたに》ゆかり、さん——へえ、デザイナーなの」

橋口がよく買い物をする宝飾店の名前が刷り込まれている名刺を受け取って、橋口はまた目を丸くした。ただの店員だと思っていたら、意外な肩書きが乗っているではないか。

「うちでは、宝石のリフォームもやってますし、たまにお店に出て、お客様の反応を知るのも、いい勉強になるからって」

貝谷ゆかりは、照れ臭そうな、それでいて誇らしげな表情で答えた。橋口は、いかにも感心した表情でゆかりを見つめた。ステージの方では、力士とファンとのカラオケ大会が始まっている。方々から笑い声が起き、人の流れが活発になってきた。その渦の中で、ゆかりは、少しばかり居心地の悪そうな笑みを浮かべていた。

3

松川澄子を始めとして、阿久津が当たった松川学の近親者は、誰一人として松川の所在を知らなかった。松川学は、身内の間では、既に忘れられた存在となり果てており、誰もが、その名前を出されただけで顔をしかめ、そっぽを向く有り様だった。

「とにかく昔から、口のうまいのだけが取り柄みたいな子でしたから」

「いつも夢物語みたいなことばっかり言って、地道に努力するっていうことが、何よりも嫌いでしたね」

「親の財布から金を持ち出すなんていうことは、小学生の頃からやってましたよ。見つかって、いくら叱《しか》られたって、絶対に謝らない奴《やつ》でした。しらばっくれて、ふてくされて」

聞き込みを続けるにつれ、まさしく絵に描いたような、一族の鼻つまみ者としての松川の横顔が明確になっていった。だが、だからといって、現在の松川の所在を知る手がかりにはならない。

「そりゃあ、裕福とは言えなかったかも知れませんが、この辺りの他の家に比べて、特に暮らしに困ってたってわけでもありません。学って名前だって、本人にその気があるんなら、高校へでも大学へでも行かせて、立派に学問で身を立てて欲しいってていう思いで、つけたんです。あれの、嘘《うそ》をつく癖っていうのは、実際、誰に似たんだか、分かりません」

「小さい頃は弱虫で、とにかく気の小さい子だったんですが。人様に迷惑をかけるどころか、いつも泣かされて帰ってきてたくらいです。甘やかしすぎたんですかねえ——ちょっと気に入らないことがあると、癇癪《かんしゃく》を起こすようなところは、確かにありましたけど——」

阿久津が出張してまで会いに行った松川の年老いた両親は、呟《つぶや》くような声で、幼い頃の松川のことを語ったが、とうの昔に、息子は死んだと思って諦《あきら》めることにしているのだと話を締めくくった。

一方、松川の交友関係から調べを進めていた竹花が持って帰ってくる結果も、あまりかんばしいものとは言えなかった。かつてのムショ仲間に、こつこつと当たり続けてはいるが、以前、松川が根城にしていたという新宿、四谷《よつや》界隈《かいわい》でも、彼を見かけたという者は出てこなかった。

「写真を見せれば、すぐに思い出す奴もいるんですがね、何しろ、髪型が違うっていうだけで、ずいぶん印象が変わりますから」

それに、下手な相手に接触して、松川本人に警察が動いていることを知られては、元も子もなくなってしまう。一癖も二癖もあるような連中に対して、正面から質問をぶつけるのではなく、相手にこちらの真意を悟られないような質問の仕方をするのだから、時間もかかり、それなりの技術も必要だ。中には、自分が調べられていると思い込んで、慌《あわ》てて逃げ出す者も少なくない。

「どこに、行きやがったんだかなあ、まったく」

「女房のところを張るっていっても、いつ帰ってくるか、分からないような状態ですしね」

小さな捜査本部に、何となく気詰まりな雰囲気が流れるようになった。知能犯捜査は、殺人や強盗、放火犯などを扱う強行犯捜査とは異なり、派手な大立ち回りなども少ないし、政治家がらみの汚職でもない限りは、世間一般の注目度も低い。極秘裏に行われる捜査は常に地味であり、その進展も展開も目立たないものだ。そういう日々には慣れてはいるものの、こう毎日、無駄足を踏んでいると、否応《いやおう》なしに気分は沈滞してくる。

「まさか、もう東京にいないなんていうこと、ないでしょうね」

「そりゃあ、ないだろう。ああいう連中が、田舎町で暮らしていかれるわけがない。行動半径は、そんなに変わってないはずなんだ」

阿久津も小川も加わって、三人がかりで松川の交友関係を洗う日が続いた。

「女をだまして金を取るような野郎は、ムショの中でも嫌われるからな」

ある夜、珍しく二人だけで飲んでいるときに、竹花がため息混じりに呟いた。その日は、米谷キャップは本庁に用があり、若い小川は当番勤務で狛江《こまえ》署に戻っていた。捜査本部に召集されているとはいえ、所轄《しょかつ》署に勤務している警察官は、所轄署での勤務体制から外れているわけではない。普段、六部制で動いている阿久津たちには、六日に一度、宿直当番が回ってくる。その日は阿久津にしろ竹花にしろ、本部捜査から離れて、通常の勤務に戻り、当番勤務をこなさなければならない。そしてまた、翌朝から本部捜査に戻ってくるのだ。

「野郎にしても、誰にも相手にされなかった口らしい」

「そりゃあ、そうだろう。身内にだって、あいつをかばうようなことを言う奴は、一人もいなかったくらいだ。実の親に、『死んだと思ってます』なんて言われたら、もう、おしまいだよな」

居酒屋の小さなテーブルで、向かい合って焼酎《しょうちゅう》のウーロン茶割りを飲みながら、阿久津も同意した。もっと、他の話をしたいとも思う。気分転換になるような、他愛《たわい》ない笑い話でも出てこないものかと思うのに、結局は、やはり仕事の話になる。

「ああいう野郎は、結局は、女が嫌いなのかね」

焼酎をすすり、ため息をつきながら、阿久津は呟いた。

「普通の神経じゃあ、そうそう出来ることでも、ないと思うんだよな。よっぽど女が嫌いだとか、恨みがあるとかっていうんなら、まだ分からないじゃないが」

竹花は、黙ってわさびを醬油《しょうゆ》に溶いていたが、やがて、「その、逆もあるかも知れん」と呟いた。

「女が好きで好きで、趣味と実益を兼ねてっていうタイプかもな。元々、そんなに嫌だったら、抱く気になるか？　あそこが役に立たねえだろう」

「——そういう考え方も、出来ないこともないだろうが」

「一生、人をだまして食っていこうなんて思ってる奴だよ、まともな理屈が通るなんて思わねえ方がいい」

そう言われてしまえば、それまでだ。阿久津は一息に焼酎を飲み干し、すぐに二杯目を注文した。竹花も、それに合わせたように残りの焼酎を飲み干す。

「だけどな——」

言おうとしたときに、少し離れた席に座っていたアベックの女の方が、奇妙な顔でこちらを見ているのに気づいた。大の男がテーブルを挟んで、妙に額を寄せあって小声で話し合う姿は、傍《はた》から見れば、確かに異様な光景に違いない。だが、誰が聞いているか分からない、ことに、ブンヤ関係には気をつけなければならないと思うから、そういう姿勢は習慣になっている。阿久津と目が合いそうになると、女は慌てて視線を逸《そ》らした。

「俺だってあいつらに、良心云々《うんぬん》なんて言おうとは思わないけど、だました挙げ句、口封じに籍まで入れるとなると、なあ」

「つまり、金儲《かねもう》けをしようと思う相手に対しては、女として見てないってことじゃないのかね。単なる道具に過ぎないわけだ。そのために、籍を入れるなんて、どうってことないことだと思ってるんだろう。元々、家族からも爪弾《つまはじ》きにされてるような野郎が、自分の戸籍にこだわるわけも、ねえんだろうし」

「出来るかね、そんなことが。俺なんかにしてみりゃあ、戸籍の問題にまでなると、こだわらないって言ったら嘘になるし、女はどこまでいっても、女としか見られないと思うがな」

阿久津が素直に答えると、竹花はにやりと笑って、いかつい顔の中の、妙につぶらな瞳《ひとみ》でこちらを見つめる。

「かみさんは、どうだい。いつもいつも、女として、見てるかい」

「女房？　ありゃあ、別だ」

するとと、竹花はさらに笑顔になり、「だろう」と言う。

「女の中にも、女に見えない相手っていうのは、いるっていうことだ。道具とまではいかなくても」

「そういう、花ちゃんは、どうなんだい。未《いま》だにかみさんを、女として見てるか？」

一瞬、竹花は、余程意外なことを聞かれたような表情になり、それからすぐに、自分は独り者だと答えた。それには、阿久津の方が驚いた。

「何だよ、そうだったのか。一度も？」

「正真正銘のな」

「そんな感じ、しないがね。着るものだって、俺なんかよりもいつも、きちんとしてるから、よく出来たかみさんなんだろうと思ってた」

「おふくろが、やってるんだよ」

竹花は、わずかに自嘲《じちよう》を含んだような表情で、柔らかく答えた。別段、独身でいるのが不思議だというほどの年齢でもない。こんな仕事をしていれば、世話焼きの上司に恵まれるとか、身近にそれらしい相手が現れない限り、ある程度の年齢を過ぎると、チャンスはとことん減っていく。

「まさか、気の毒だなんて、思ってるんじゃないだろうな」

竹花に聞かれて、阿久津は思わず笑顔になった。まさか。気楽で羨《うらや》ましいと言おうとしたところだ。だが、女房のことはともかくとして、子どもが欲しいとは思わないかと聞くと、竹花はさらに首を振った。

「別に、思わないよ。自分の血を分けた存在がいるなんて、気味が悪い」

第一、俺にそっくりの女の子なんて、可哀想《かわいそう》じゃないかと言いながら、竹花は明るく笑う。

「そりゃあ、犬猫だって、三日も飼えば可愛《かわい》いんだから、自分の子どもが可愛いっていうのは、分からんじゃないがね。俺は、いいよ。そういうタイプじゃない。子どもを産ませるために、女房をもらおうとも思わないしな」

「花ちゃん、兄弟は」

「姉貴と妹がいる」

「じゃあ、長男か。それで、おふくろさんは何か言わないか」

「最近は、諦めたみたいだ」

初めて、竹花の個人的な話を聞きながら、阿久津は、最近は顔を見ることも少なくなってしまっている直斗のことを思い浮かべていた。テレビゲームにばかり熱心で、何を考えているのかも分からなくなりつつある息子だが、それでも阿久津は、直斗を無条件に可愛いと思っている。別段、直斗のために生きている、息子のために仕事をしている等とも考えてはいないが、だからといって、あの子がいなければ、自分の人生は、ずいぶん変わったものになってしまうことだろう。出来ることならば、阿久津はもう一人くらい、子どもがいても良いと思っていた。慶子の方でも、女の子が欲しいなどと言っていたことがある。だが、それも数年前までのことだ。最近では、そんな話も出なくなった。

「それに俺は、子どもの人生にまで、責任は持てないと思うんだ。実際、こうも毎日、悪い奴ばっかり追いかけてると、あいつらと俺と、どこが違うんだって気がしてこないか」

それは、阿久津も感じることが少なくない。人の欲は、果てしがない。落とし穴は、どこにでもぽっかりと口を開けている。一線を越える者は、頭で考えるほど特別なわけではないと思う。

「あいつが俺でも、不思議じゃない――そんな風に思うこと、あるもんな」

思わず神妙な心持ちになって呟くと、竹花も大きく頷《うなず》いている。

「警察官の子だからって、まともに育つとは限らない。世の中だって、これから先、そうそう明るい未来が開けてる気も、しない」

「そこまで考えてるんだったら、子どもは作らない方が、いいな」

「だろう？　だったら、かみさんも、いらないさ。結婚してる連中を見てたって、それほど羨ましいとも思わんし。今のところは、おふくろもぴんぴんしてるから、それで十分だ」

署を出たのが午後九時を過ぎていたのだから、ひと息ついたと思う頃には、既に一一時を回っていた。居酒屋の店員が「オーダーストップですが」と伝票を持って近づいてきたのを機に、阿久津たちは立ち上がった。

連れだって高田馬場の駅まで行き、深夜に差し掛かってもまだ、サラリーマンや学生で混雑している駅前で、「じゃあ」と別れると、何となくため息が出た。

——おふくろだけで十分、か。

飲み足りないのと同時に、何とはなしに人恋しい気がして、阿久津は結局、『砂浜』に寄ってみることにした。こういう物足りなさは、家に帰ったからといって満たされるものではない。

「相変わらず暇だな」

「誰かさんが、貧乏神なんだよ。おまえが来ない日は、忙しいんだから」

浜田は相変わらず愛想のない顔で阿久津を迎えた。旧友の顔を見て、適当に悪態をつき合っているうちに夜は更《ふ》け、やがて、ようやく酔いの回ってきた頭の中で、未だに居所の摑《つか》めない、松川の顔だけが浮かんでいた。

その松川学とつき合いのあるらしい男がようやく浮かび上がってきたのは、翌日のことだった。

「奥寺広和、四四歳。有印私文書偽造、有価証券偽造、詐欺《さぎ》、横領などの前科があります。松川とは、六年ほど前からのつき合いらしいですが、器用な男で、いわば何でも屋のようなことをやってるようですね」

五月も下旬に入って、朝晩は肌寒さを感じるものの、日中は汗ばむような日が続くようになっていた。夕方、捜査本部に戻ってきた竹花は、既に署に戻っていた阿久津たちの前で、そう報告した。

「ちょうど二週間ほど前に、他のムショ仲間のところに――ええ、こいつは真嶋《まじま》というんですが――ひょっこり顔を出して、中古の家具を高く買い取ってくれるところを知らないかと、言ってきたそうなんです」

真嶋という男は、以前はいっぱしのヤクザ気取りだったが、現在はトラック運転手としてまともに暮らしているという。せっかく堅気に戻ったのだから、これ以上、面倒な連中とは関わりたくないと思い、彼は奥寺の問いに「知らない」と答えた。

「そのときに奥寺は、大した儲けにはならないが、松川から回された仕事なのだと言っていたっていうんですね。真嶋本人は、松川のことは知らなかったそうなんですが、奥寺は、真嶋も松川も同時期に刑務所に入っていたものと、勘違いしていたらしいんです」

竹花は額に汗を浮かべたまま、警察手帳のページをめくり、報告を続けている。昨夜の会話を思い出して、阿久津は真剣な表情の竹花を、しげしげと見つめていた。この歳《とし》まで独りでいる倅《せがれ》の世話を焼いているおふくろさんは、切ないのではなかろうか、それとも、いつまでも手元にいてくれることが、嬉《うれ》しいものか。

「真嶋が女房をもらって、もうすぐ子どもも生まれるのを知ると、奥寺はからかい半分に、『おまえくらい男前なら、松川なんかよりも、よっぽどいい暮らしが出来そうなものなのにな』と、笑っていたということです。もちろん、奥寺本人には、まだ接触していません」

竹花の報告を受けて、阿久津たちは、さっそく奥寺広和をマークすることになった。本来ならば、直接当たるのがもっとも手っ取り早いのだが、奥寺が真嶋に語ったことが本当だとすると、二人はグルになって何事かを企《たくら》んでいる可能性がある。叩《たた》けばいくらでも埃《ほこり》の出そうな相手なのだから、すぐに引っ張る手もあるが、そちらの証拠を揃《そろ》えるのにも手間がかかるし、いずれにせよ、松川に気づかれるだろう。とにかく今、阿久津たちが捜さなければならないのは松川だ。結局、まず奥寺を張り込んで、松川と接触するのを待つより他に手だてがなかった。

共同捜査本部の人員が三名増加された。

「さあ、これで多少はやりやすくなるぞ」

捜査状況は、随時キャップを通じて署の知能犯捜査係長、刑事課長に報告されており、刑事課長は、頻繁に警視庁本部の捜査二課に出向いて、捜査概要を報告している。その結果、捜査員の増減が必要であると判断されると、捜査本部の人数は適宜変化していく。婦人警官一人を含む、三人の捜査員が増員されて、奥寺の尾行が始まった。

「必ず、松川と会うんでしょうね」

張り込み四日目に、小川が言った。奥寺のヤサは、容易に突き止められた。墨田区向島《むこうじま》の、細い道が入り組んで、小さな家やアパート、倉庫、町工場などの建て込んだ界隈《かいわい》にある、一階が事務所になっている古いアパートだ。その二階に、奥寺は自分と似たような年頃の、小柄で貧相な女と暮らしていた。

「奴《やつ》が、ムショ仲間に喋ったことが本当だとすればな」

阿久津は、すっかり退屈した表情の小川を一瞥《いちべつ》し、「今から飽きて、どうするんだよ」と言いながら、自分も欠伸《あくび》をかみ殺していた。

奥寺のアパートを見張るのに絶好の、通りのはす向かいにある、何年も前に店じまいした万屋の中だった。店の片隅には古い冷蔵ケースが放置されて、陳列棚には売れ残った商品が真っ白に埃を被《かぶ》り、木枠の引き戸にはしみだらけの薄いカーテンが引かれている店は、外から見れば、まるで無人としか思えない。数年前に他界した老婆《ろうば》が経営していたというその店を遺族から借り受けて、阿久津たちは入れ代わり立ち代わり、店内から奥寺のアパートを見つめ続けていた。

4

奥寺広和は、冴《さ》えない小柄な男だった。同居している女の方は、毎朝自転車にまたがって、二キロほど離れたところにある小さなプレス工場に働きに行き、六時近くまで戻らないが、奴《やつ》の方は、毎日昼過ぎになるまで出てこない。大抵は一時か二時頃になると、普段着にサンダルをつっかけただけの格好で、出かけていく。その都度、阿久津たちは万屋《よろずや》のカーテンの隙間《すきま》から身を滑らせて、後を追った。奥寺は、一日中パチンコをして過ごすこともあるし、本屋で何時間も立ち読みをすることもある。週末は、土日とも浅草の場外馬券場に足を運んだ。

「どう見ても、まともな暮らしはしてねえな」

この東京には、そういう人間は珍しくない。何をしているか分からないのに、それなりに住む家を持ち、ときには家庭まで築いて、何くわぬ顔をして日々を過ごしている連中を、阿久津はこれまでにも何人も見ている。嘘《うそ》で固めた呑気《のんき》な顔で、派手に遊び暮らしている人間を見ていると、朝から晩まで、あくせくと働いているのが馬鹿馬《ばかば》鹿《か》しくなるほどだ。

「あんな男と暮らす女がいて、どうして竹花さんが独り者なんですかね」

いつの間にか、竹花が独身だと知ったらしい小川は、しきりに首を傾《かし》げた。

「俺なんか、いいと思うけどなあ。竹花さん、優しい人ですよ、見た目はあんなにごついけど」

「じゃあ、おまえが嫁にいけよ」

だが、週が明けると、奥寺の行動に変化が見られ始めた。まず、合羽橋《かっぱばし》の道具街に行き、厨房《ちゅうぼう》用品などを見て歩く日があった。また、深川界隈をうろついて、材木屋をのぞいたり、都内各所にある、建築資材の会社を訪ねたりする日もあった。そんなときの奴は、前の週までとは打って変わって、それなりに見映えのする服装に身を包んでいた。

「明らかに、何かの目的があって動いているのは間違いない。気を緩めるなよ」

捜査会議の度に、米谷キャップが言うようになった。

「深追いは禁物だが、チャンスは、そう何度もないはずだ」

奥寺は、もっぱら電車とバスを利用して移動する。電車はともかく、バスでの尾行は、空間が狭く、出入口が限られているだけに面倒だ。相手に気づかれそうな場合には、速やかに追尾を打ち切るのが鉄則だ。阿久津たちは常に、携帯している超小型の無線機で、距離を置いて行動を共にしている仲間と連絡を取り合いながら尾行をする。一人が追尾を打ち切っても、他の誰かが尾行を続けられれば、すぐに追いつくことが可能だ。そうして、可能な限り尾行を続行する。奥寺が、いつ松川と会うか分からず、これまでの行動から見ても、そう頻繁に会っているとは思われない限り、一度でも奥寺を見失うのは、大きなダメージになる場合がある。

「もしかすると、電話でのやりとりだけなんじゃないですかね」

どうにも堪《こら》え性《しょう》がないらしい小川は、阿久津と顔を合わせる度に、文句を言う回数が増えてきていた。

「おまえ、原と組むときには、やたらと嬉《うれ》しそうにしてるくせに、どうして俺と一緒だと、ずっと仏頂面《ぶっちょうづら》のまんまなんだよ」

小川は、捜査本部の紅一点である婦警とばかり組みたがる。阿久津にしてみれば、婦警などと一緒だと、話題にも事欠くし、あれこれと気を遣わなければならないばかりで窮屈だと思うのに、それを言ったら、小川は「歳《とし》なんですよ」と皮肉っぽく笑うばかりだった。

「女の子と組んで、嫌な顔をする人がいるなんて、僕には信じられないもんな」

「おまえ、ああいうのが好みか」

「何、言ってるんですか。仕事で組んでる相手じゃないですか」

「仕事だって、好みはあるだろうが。相手は女なんだから」

嫌らしいな、もう、などと言われながら、その日も阿久津は、小川と共に古い万屋にひそんでいた。今日の奥寺は、昼過ぎになっても出かける気配がない。

「もう、八日目ですよ。好《い》い加減に、動いてくれよ、もう」

「うるさいねえ、おまえは本当に。刑事に向いてないんじゃないのか」

「俺、待たされるのって好きじゃないんだよな」

「好きな奴が、いるかよ」

そんなことを言い合い、プロ野球や相撲の話をして、やがて、阿久津にはよく分からない最近のヒット曲の話などを聞かされているときに、奥寺がひょいと姿を現した。多少、くたびれた感じではあるが、一応はこざっぱりとしたジャケットにパンツという出《い》で立ちだ。

「お出ましだ」

阿久津は素早く立ち上がり、小川と距離を置いて万屋を出た。既に、陽は傾きかけている。今日、小川はジーパンにトレーナー、薄いブルゾンという、学生のような服装をしている。阿久津の方は、普段と変わらないスーツ姿だが、いつもと違うところは、ワイシャツをボタンダウンの、ブルーのものにしているところだ。

奥寺はまず、いつも行くパチンコ屋に寄った。だが、服装と同様に、いつもと様子が違う。やたらと腕時計を見るのだ。

「野郎、時間を気にしてるな。これからどこかに行くのかも知れん」

「そんな感じですね」

「見失うなよ」

「了解」

無線を通して、小川の声が聞こえてくる。阿久津は、自分とは離れた位置で、奥寺をマークしているはずの小川の方をちらりと振り返り、自分もパチンコ台に向かっていた。案外、良い台だ。仕事中ではなく、もっと落ち着いて楽しめるときに当たりたい台だったなどと思っていると、奥寺が立ち上がった。片手に玉の入った箱を持っているところを見ると、台を替えるのだ。

――畜生、せめて時間までは、落ち着いてやれよ。

内心で悪態をつきながら、こちらも台を替える。小川も同様に移動した。今日の奥寺はツイていないらしい、結局三度も台を替えて、その日はパチンコ屋を出ることになった。午後六時半を回ったところだった。

それまで尾行を続けてきて、奥寺の歩くテンポというのは大体分かっている。だが、今日の奴の歩調は、普段よりも幾分速いようだった。ひょっとして尾《つ》けられていることに気づいているのかとも思ったが、そうでもないらしい。奴は、ひたすら時計を気にしている。

「今の角も、曲がらずに歩いていきます。駅に向かってるみたいですね。やっぱり、誰かと会うのかも知れません」

小川の声がイヤホーンを通して聞こえてきた。パチンコ屋を出てから、阿久津と小川は奥寺を前後から挟むようにして歩いている。前と後ろで連絡を取り合いながら、時折、その順番を変えて、追尾を続けるのだ。

案の定、奥寺は業平橋《なりひらばし》の駅から電車に乗り、浅草に出た。さらに、地下鉄銀座線に乗り換える。人混みでの尾行は、気取《けど》られにくい代わりに、こちらも相手を見失いやすい。だが奥寺は、まったく警戒していないらしく、周囲を見回したり、電車に飛び乗ったりするような真似《まね》もしなかった。

「降りるぞっ」

地下鉄が赤坂見附駅に着いた。奥寺は、人の波に揉《も》まれるようにして電車を降り、プラットホームの反対側に向かっている。そして、そのまま向かいに停まっていた丸ノ内線に乗った。阿久津も大股《おおまた》で同じ車両に乗り込んだ。

「ちゃんと乗れたか」

「乗りました。でも、ここからじゃ、見えません」

ちょうど、ラッシュの時間帯だった。勤め人で混雑する地下鉄の中で、阿久津は何とか首を巡らして、小柄な奥寺を捜した。ようやく見つけた奴は、自分が尾けられているとも知らずに、呑気そうな顔で、ぽかんと口を開け、中吊《なかづ》りの広告を眺めている。

「大丈夫だ。俺のところから見える」

混雑する車内では、電車が少しでも揺れたり、駅に着いて人が乗り降りする度に、相手を見失いそうになる。それでも阿久津は、常に視界の隅で奥寺を捉《とら》え続けていた。

さては、新宿あたりに行くつもりだろうか。奥寺は酒の好きな男だ。これまでも毎晩、日が暮れる頃には定食屋や焼鳥屋の暖簾《のれん》をくぐり、二時間ほどは酒を飲む。だが、それは大抵が家の近所か、せいぜい浅草でのことだった。これまでに一度も、新宿方面にまで足を延ばしたことはない。

「降りるぞっ」

電車が新宿三丁目の駅に着いたときだった。人に背を押されるようにして、奥寺が電車を降りた。阿久津は自分もホームに降り、ゆっくりと歩き始めた。その横をかすめるようにして追い抜いていく男がいる。小川だった。

「こんな方まで来るなんて、初めてですね」

地上に出たところで、阿久津は待ち構えていた小川と並んで歩き始めた。奥寺は、一度も振り返るような真似をせず、靖国《やすくに》通りを渡り、歌舞伎町《かぶきちょう》に向かって、迷うことなく歩いていく。やがて、区役所通りから路地に入ると、奴は一軒の雑居ビルに姿を消した。それまで、一定の距離を保って尾行を続けていた阿久津たちは、ビルの入口に走り寄った。ちょうど、エレベーターの上の表示ランプが、2、3と順番に点灯しているところだった。他に人気はなかったことから、乗っているのは奥寺一人だと考えて間違いないだろう。脇《わき》の看板を見れば、八階建てのビルのすべてのフロアーに、クラブやバーが入っていることが分かる。

「この場所で、おまえの服装だと、かえって目立つな」

ちらりと隣を見ながら呟《つぶや》いたとき、エレベーターの表示ランプが5で止まった。看板を見れば、五階は『パブラウンジ・あのん』とある。それだけ確かめると阿久津たちは、いったんビルから出て、捜査本部に電話を入れた。

「了解。俺と、泉川《いずみかわ》が行こう。その辺りなら、三〇分以内に着けるだろう」

阿久津の報告を聞くと、米谷キャップはそう答えて電話を切った。阿久津は、小刻みに足を揺すりながらビルを見つめている小川に、もうすぐ応援が来ることを告げた。

「何だ、ここまで来て、交代するんですか。奴の会う相手が松川だったら、俺、そこまで見届けたいのに」

「交代するなんて、誰も言ってないだろう。おまえの、その格好じゃ、まずいから、店の外で待つんだよ」

不服そうな表情の小川に言うと、彼は一層つまらなそうな顔になった。そんな若い刑事の肩を叩《たた》きながら、阿久津はビルの入口の見える場所に身をひそませた。この界隈が賑《にぎ》わうには、少しばかり時間が早い。

七時五〇分頃、キャップが泉川を伴って現れた。

「今のところ、松川らしい男は現れてないんですがね。奥寺が店に入ったのが、七時二四分ですから、もしかすると、待ち合わせの相手は先に来ているかも知れません」

途中から捜査本部に加わった泉川は、三〇歳くらいの巡査部長で、引き締まった見事な体格をしている男だが、少しばかり体臭が強い。キャップと小川は、その場に残り、阿久津は、今度はその泉川と連れだって、ビルに入ることになった。

「五階っていうのは、間違いないんですか」

「まだ確認してないが、あのときは、他に誰もいなかったはずだから、多分、間違いないと思うんだ」

エレベーターに乗り込むときには、他にサラリーマンの三人連れがいた。小さなエレベーターは、大の男が五人も乗ると、かなり窮屈に感じられた。微《かす》かな酒の匂《にお》いと、泉川の体臭、しばしの沈黙が密室に満ちる。やがて、三人連れの男は四階で降りた。

――奴《やつ》らは、これからもう一騒ぎするんだろうな。

阿久津は小さくため息をついた。腹が減ってきている。考えてみれば、今日は午前中に菓子パンを二つ食べたきりだ。もう何日くらい、家で夕食をとっていないだろうか。阿久津がいないとき、慶子と直斗とは、どんな会話を交わしながら、何を食べているのだろう。そんなことを考えるとき、慶子がいつも口にする「母子家庭」という言葉が思い浮かんだ。

『パブラウンジ・あのん』と金色の飾り文字で書かれている白い扉は、エレベーターを降りたすぐ脇にあった。階によっては、ワンフロアーに二、三軒の店が入っているらしいが、五階は『あのん』がすべてのスペースを占めているらしい。つまり、それなりに広い店だということだ。阿久津は、泉川と視線を交わすと、金色のドアノブに手を伸ばした。軽く押しただけで、隙間《すきま》からピアノの音が洩《も》れてきた。

「いらっしゃいませ。お二人様？」

薄紫の明かりの中から、白っぽいスーツの女が近づいてきて、笑顔で阿久津と泉川を見比べる。長い髪を波打たせ、耳元にはきらきらと光る石の入っているイヤリングをつけた、一見して、金のかかりそうなタイプの女だ。

「待ち合わせなんだがね」

「あら、どちらと？もう、いらしてるのかしら」

女の愛想笑いに、こちらも愛想笑いで応《こた》えながら、阿久津は適当な名前を言った。女は小首を傾《かし》げて、考える顔をしている。

「混んでるの？」

「まだ、この時間ですもの。お三組だけよ」

「ちょっと、捜させてもらっていいかい」

阿久津の言葉に、女はにっこりと目を細めて、「どうぞ」と衝立《ついたて》の奥を手で示す。

阿久津は、全体を紫色と白とで統一している店内に足を踏み入れた。

店の手前から奥にかけて、わずかに段差のついている店だった。右手には、小さなグランドピアノが置かれていて、全身がスパンコールできらめいているドレスを着た女が、ピンスポットの下でピアノを弾いている。それを取り囲むように、一段高い位置で、柔らかそうな紫のソファーが、幾重かの柔らかい弧を描くように配置されていた。それらの客席のいちばん奥、一際《ひときわ》広々としたスペースから、嬌声《きょうせい》が上がった。二人連れの客を、六人のホステスが取り囲んで、早くも盛り上がっている。その二人連れの片割れは、間違いなく奥寺だった。阿久津は、ゆっくりと振り返ると、すぐ後ろに控えていた女に、待ち合わせの相手はまだ来ていないようだと告げた。

「じゃあ、お待ちになるでしょう？　こちらへ、どうぞ。あと何人お見えになるのかしら」

阿久津が一人だと答えると、女は、相変わらずの笑顔でゆっくりと頷《うなず》き、阿久津たちを、店の隅に近いボックス席に案内した。有りがたいことに、奥寺たちの席からはいちばん離れており、しかも、見やすい角度の席だ。座り心地の良いソファーに身を沈めると、ほどなくして熱いおしぼりが手渡された。

「ああ、気持ちいいなあ」

「今日も、よく働きましたからね」

泉川と適当に調子を合わせながら、思い切り顔を拭《ふ》き、阿久津はさり気なく奥寺の方を見た。隣のホステスよりも小さく見える彼は、これまでに阿久津たちが見たこともないような笑みを浮かべて、しきりに何かを話している。一方、間に二人のホステスを挟んで座っている方の男は、いかにもゆったりと構えており、その服装も雰囲気も、奥寺とはまるで違っていた。

「お飲み物は、どうなさいます？」

例のホステスが、再び笑顔でやってきた。阿久津は「そうだな」と考えるふりをした上で、連れが来るまで待ちたいから、ソフトドリンクをもらいたいと言った。

「何しろ、そいつが今夜のスポンサーなんでね。彼が来てくれないことには、勝手なものは注文出来ないんだ」

彼女は、瞳《ひとみ》の端に、落胆とも軽蔑《けいべつ》ともとれるような表情をちらりと浮かべつつ、それでも笑顔で離れていった。彼女が遠ざかると、すぐに泉川が顔を近づけてきた。視線だけは相変わらず奥寺たちの方に向けている。

「――どう、思います」

阿久津も、店のメニューを眺めるふりをしながら、ちらちらと観察を続けた。

細面の顔に、メタルフレームの眼鏡をかけ、豊かな髪は自然に後ろに流している。遠目に見ても、前髪のあたりにかなり白いものが交ざっているのが分かる。店の照明の下だから、確かな色は分からないが、とにかくチェックのジャケットに、濃い色のポロシャツを着て、一見するとゴルフ帰りの会社重役のような雰囲気だ。だが、髪をかき上げるときに、手首には金の鎖が光ったし、よく見れば、指輪もはめているようだ。

「松川かどうかは、分からんが——ありゃあ、間違いなく、橋口雄一郎だ」

阿久津は、泉川に呟いた。泉川も、目顔で頷く。

「お待ちどおさま。ウーロン茶に、オレンジジュースね」

ホステスが、面白くもなさそうな顔で飲み物を運んできた。阿久津はわざと時計をのぞき込みながら、「遅いな、あいつ」と言った。

「僕、ちょっと電話してきましょうか」

「そうしてくれるか？　ここまで来て、こんなものばっかり飲んでるんじゃ、やりきれん」

泉川が腰を上げると、ホステスは再び笑顔に戻って、彼を電話のある場所まで案内していった。空《す》き腹にウーロン茶を流し込みながら、阿久津は奥寺たちを観察し続けた。

彼らの前のテーブルには、ボトルの形を見ただけで、いかにも高そうだと分かる酒が置かれている。それに、この店のメニューにある限りの料理が並んでいるようだ。

ホステスたちは、思い思いにボトルに手を伸ばし、客の口元に箸《はし》を差し出し、自分たちもしきりに喉《のど》を潤《うるお》している。

──誰の金で、飲み食いしていやがるんだ。

奥寺が何か言う。男が何か答える。すると、ホステスたちの間から嬌声が上がる。

その、けたたましい騒ぎの中から、「おかしなユウちゃん」という声が聞こえてきて、阿久津はさらに確信を深めた。奴は、橋口雄一郎に間違いない。そして、橋口は松川なのだ。

ウーロン茶を一気に飲み干してしまうと、阿久津は半ば苛々《いらいら》としながら泉川が戻ってくるのを待った。自分が楽しむわけでもないのに、こんな場所にいることほど、味気ないものはない。

「間違いないようなら、出てこいとのことです」

数分後、いそいそと戻ってきた泉川に囁《ささや》かれて、阿久津は、ゆっくりと頷いた。

「どうでした？　連絡、取れました？」

再びホステスが近づいてきた。阿久津は、出来る限り如才ない笑みを浮かべて立ち上がった。隣では泉川が、オレンジジュースをやはり一気に飲んでいる。

「悪いね、ここに来る途中で、事故ったらしい。これから病院へ行かなきゃ」

「あら、大変！　大丈夫なの？」

「それを、これから見てくるよ。ゆっくりしたかったんだが、またの機会だ」

奥寺たちの席から顔が見えないように気を配りながら、阿久津と泉川とは店の出口に向かった。支払いを済ませ、白い扉を引くと、背後から「ご苦労様です」という声がかかった。振り返ると、ホステスの意味あり気な笑顔があった。

（下巻に続く）

結《けつ》婚《こん》詐《さ》欺《ぎ》師《し》（上）

新潮文庫　の - 9 - 23

平成十六年二月一日発行
令和三年一月十五日七刷

著者　乃《の》南《なみ》アサ

発行者　佐藤隆信

発行所　株式会社新潮社

郵便番号　一六二―八七一一
東京都新宿区矢来町七一
電話　編集部（〇三）三二六六―五四四〇
　　　読者係（〇三）三二六六―五一一一
http://www.shinchosha.co.jp

価格はカバーに表示してあります。

乱丁・落丁本は、ご面倒ですが小社読者係宛ご送付ください。送料小社負担にてお取替えいたします。

印刷・三晃印刷株式会社　製本・株式会社植木製本所

ISBN978-4-10-142533-7 C0193